Walter Scott

ウォルター・スコット

『アイヴァンホー』の世界

Outlook on the World of *IVANHOE*

貝瀬英夫 Kaise Hideo

ASAHI PRESS

■まえがき■

「スコット」という言葉を聞いた時に、我々は何を連想するであろうか？　ある人は直ぐに「スコットランド」を思い浮かべるであろう。ある人はさらに「スコッチウィスキー」を頭に思い浮かべるかもしれない。あるいは南極探検家の「スコット」に思いを馳せる人もいるであろう。しかし、中には歴史小説で有名なウォルター・スコット、そして映画にもなった『アイヴァンホー』の原作者ウォルター・スコットのことではないかと思う人もいるのではないだろうか。そう、ここでスコットというのは、この詩人であり歴史小説家でもあるウォルター・スコットのことなのである。そして、スコットの小説の代表作が本書で扱う『アイヴァンホー』である。

作家としてのスコットは、残念なことに現在の日本では意外に知られていない嫌いがなきにしもあらずである。今述べたように、スコットと聞いて直ぐにウォルター・スコットや『アイヴァンホー』のことを思い浮かべる人は、そう多くはいないであろう。英文学を専門に勉強した人でも、英文学史で習ったことがあって名前くらいは知っている、という程度ではないだろうか。

以前、自分が持っていたある学習人名事典のことを今でも覚えている。その事典には「アイヴァンホー」という項目はあったのであるが、作者の「スコット」の名前はなかったのである。作品名が作者よりも有名になってしまった一例であるが、産みの親のスコットとしては、うれしくもあり、ちょっぴり複雑な気持ちでもある、といったところであろうか。

本書は、この『アイヴァンホー』の面白く魅力的な世界に読者を案内しようとするものである。原作を読んだことのある人も、ない人も、映画を見たことのある人も、ない人も、『アイヴァンホー』の世界のすばらしさと意外な奥深さを一緒に味わってもらいたい。そして、スコットという作家についての理解をより深めてもらえればと思う。

目次

第九章　さまざまな「アイヴァンホー」

ウォルター・スコット

序章

本格的歴史小説『アイヴァンホー』

私が初めて『アイヴァンホー』の世界に触れたのは大学生の時であった。たまたまテレビで「黒騎士」という映画を見る機会があったのである。その時は映画の背景など細かい知識は全く持ち合わせていなかった。ただ、原作者がウォルター・スコットという作家であること、「黒騎士」がその『アイヴァンホー』という作品の映画化であることは、その時に知ったのである。

主人公アイヴァンホーの騎士としての勇敢さ、ロウィーナ姫やレベッカとの恋愛、リチャード獅子心王やロビン・フッドといった人物たちの活躍などが強く印象に残ったのを覚えている。モノクロ映画だったにもかかわらず、この作品の存在は、学生時代の自分に鮮明な印象を与えた。とにかく、面白くわくわくさせるものがこの作品にはあった。それは理屈ではなく、自然に引き込まれてしまう性質のものだったのである。

スコットはシェイクスピア、チョーサーに次ぐイギリス文学の大作家であるとする批評家もいる。もちろん、シェイクスピアは世界文学のレベルで見ても圧倒的に偉大であり、比肩する作家がほとんどいないことは確かである。しかし、シェイクスピアは別格としても、スコットという作家もなかなかの大作家であったと思うのである。今でもスコットランドでは国民的英雄であるし、最初、小説を匿名で出していた頃は、「偉大なる無名作家」

(The Great Unknown) として知られていた。もっとも、最初は匿名だったとは言っても、作者がスコットであることは次第に知れ渡り、最後には当時のイギリスの誰もが知るところとなっていたのである。

スコットは小説第一作の『ウェイヴァリー』(*Waverley*) 以来、スコットランドを舞台にした一連の小説を発表して来た。『ウェイヴァリー』は匿名で発表され、その後の小説も By the Author of *Waverley* として発表され続けたので、スコットの小説はその名前を冠して「ウェイヴァリー小説」と総称されている。特に一八一四年の『ウェイヴァリー』から一八一九年の『モントローズ綺譚』に至る九作は、スコットランド小説と呼ばれていて、傑作が多い。その後もスコットはスコットランドを舞台にした小説をいくつか書いてはいるが、どちらかと言えば散発的な印象は否めない。一般的には、スコットのスコットランド小説というのは、初期の九作を指しているのである。

ところが、一八一九年、スコットはそれまで慣れ親しんでいた十八世紀のスコットランドという舞台を離れて、時代背景と場所が全く異なる『アイヴァンホー』を世に出した。それまでの小説は、言わば「郷土小説」ともいうべきもので、過去六十年前からせいぜい百数十年くらい前の時代が背景になっていた。そこで扱われているのは、「歴史」というよりは人々の「記憶」であった。つまり、ほとんど「歴史」と言えるような「歴史」は登場していなかったのである。

それに対して、『アイヴァンホー』は十二世紀のイングランドを主な舞台にした完全な歴史小説であった。絢爛豪華な歴史絵巻である。この中にはリチャード獅子心王やジョン王など、さまざまな歴史上の人物が登場する。スコットは『ウェイヴァリー』によって歴史小説を創始したと言われているが、その意味では、本格的な歴史小説はこの『アイヴァンホー』によって始まったのである。

多くのイギリスの小説家たちの中で、歴史を題材にした作品を数多く書いた作家はあまりいない。混迷を極める現代社会においても、歴史の重要性はますます高まっている。文学と歴史を融合させ、独自のジャンルを切り開いたスコットの功績は大きい。『アイヴァンホー』は単なる華やかな騎士道物語というイメージだけが先行してしまった傾向があるが、歴史というバックボーンが『アイヴァンホー』の作品世界を強固で興味深いものにしているのである。

『アイヴァンホー』は心機一転、スコットが新しい背景と題材で書いた渾身の作品である。当時のイギリスでも大きな人気を博し、たちまちベストセラーになった。イギリスだけではない。ヨーロッパ中でベストセラーになったのである。日本にも紹介されて、何種類もの翻訳がある。そして今でも世界中で読み続けられている。『アイヴァンホー』は、まさにスコットの代表作中の代表作なのである。

第1章

『アイヴァンホー』の魅力

■ストーリー■

映画にもなっているので、見たことのある人もいるかもしれない。あるいは原作を読んだことのある人もいると思う。しかし、そうでない人のために、簡単に『アイヴァンホー』のストーリーを紹介しておこう。

舞台は一一九四年のイングランド。サクソン人の若き騎士ウィルフレッド・アイヴァンホーは、サクソンの姫ロウィーナを恋したため、父セドリックに勘当される。セドリックはサクソン王家復興のため、ロウィーナをアセルスタンと結婚させようとしていたからである。アイヴァンホーは獅子心王リチャード一世に従って十字軍遠征に参加していた。王の留守中、王弟ジョン（後の「失地王」）は悪政を行い、王位も狙っていた。遠征から身分を隠して戻って来たリチャード王とアイヴァンホーは、ジョンの主催する馬上槍試合で、ノルマン人の騎士ボアギルベールらを破る。しかし、アイヴァンホーは負傷する。

黒騎士に扮したリチャード王はロクスリー（＝ロビン・フッド）たちの協力で、アイヴァンホーやロウィーナの囚われているトルキルストン城を攻撃し、彼らを救出する。この後、アイヴァンホーは、父と和解してロウィーナと結婚する。そしてすべての者がリチャード王に忠誠を誓うのである。

『アイヴァンホー』は基本的には、リチャード獅子心王の正統な王位を守り、祖国を救おうとアイヴァンホーが活躍する華やかな騎士道物語である。他にも、アイヴァンホーが愛するロウィーナ姫、ユダヤ人のアイザックと娘のレベッカ、伝説にもなっているロビン・フッド等、多くの魅力的な人物たちが、物語に彩りを添えている。

■楽しみのための読書■

映画で見ても、小説で読んでも、『アイヴァンホー』は面白い作品である。一体どこが面白いのか。すべてと言ってもよいであろう。では、なぜ面白いのか。明確に答えることはできない。ただ無条件に面白いのである。面白いものに理屈は必要ないであろう。面白いから面白いのである。そういう作品が世の中にはかなりあると思われる。読書好きの人であれば誰でも、そういう自分なりの無条件に面白い書物リストを持っているのではないだろうか。

ところで、小林章夫氏の著書に『愛すべきイギリス小説』というのがある。その中では、英文学者である小林氏が言わば「本音」で選んだイギリス小説が二十二選ばれ、語られている。例えば、ジョナサン・スウィフトの『ガリヴァー旅行記』、ジョージ・オーウェルの『動物農場』、ジェイン・オースティンの『自負と偏見』、ダニエル・デフォーの『ペスト』など、有名な作品もかなり含まれている。そして、この中に『アイヴァンホー』も入っているのである。

同書の「はじめに」の部分に、イギリス小説についての小林氏の考え方が本音でかつユーモラスに語られているのであるが、あまりにも面白いので、何度もにやりとしてしまった。そして、その考え方には深く共感できる。本文についても同様である。それぞれの作品論であるが、非常に興味深く、かつ共感できる。これほど、率直に、本音で、イギリス小説とイギリス小説を巡る状況について語った本には、今まで出会ったことは一度もない。

小林氏は、大学の英文科の授業で読まされるイギリス小説はつまらないと言う。その結果、英文科を卒業した人は、かえってイギリス小説が嫌いになり読まなくなる、と言うのである。逆説的であるが、まさに真実をついているのではないだろうか。英文科を出たのだから、当然、英文学の作品をたくさん読んでいて、イギリス小説も好きであるはずだ、と普通は思う。しかし、そういう一般的な思い込みとは裏腹に、英文科を出たからこそイギリス小説が嫌いになるという側面があることも否定できないのである。小林氏によると、このことは統計をとったわけではなく、「憶測」であるとのことであるが、自分自身の経験や周囲の人たちを見ても、かなり当たっているのではないかと思うのである。

そこで、勉強といったことから離れてイギリス小説を楽しもうというのが、『愛すべきイギリス小説』の主旨ということになる。小林氏は、こう書いている。

というわけで、どんなおもしろい作品でも、教室でテキストとして読まされるとたんにつまらない味気ないものになるという、例の定説がなるほどとうなずけるわけだが、勉強とか単位などといったことは忘れて読んでみれば、なかなかに楽しい経験ができるのではあるまいか。

小林氏はさらに続けて、無理に原書で読む必要はないとも言う。原書で読もうとするから、イギリス小説が嫌いになる、翻訳でもいいから、とにかく気に入ったものをどんどん読むべきである、というわけである。続けて引用させて頂く。

おまけに一昔前の人はなにがなんでも原典を読むべしと攻め立てるものだから、『嵐が丘』の五ページぐらいでダウンしてしまう被害者が続出する。翻訳があるなら（もちろん読むに耐える水準の）どんどんそれを読んだらいいのである。

要するに、純文学とか大衆文学といった妙なレッテルにこだわらず、ともかく自分のフィーリングにぴたりとくる作品を読むことに尽きるということだ。

まさに的を射た指摘であり、アドバイスである。原書を読むに越したことはないが、すべての人には多分当てはまらない。よほど読解力や忍耐力がないと無理だと思うのである。英文学の小説は原書で数百ページというものがざらであり、辞書を引き引き、一時間に数ページ読んだとしても、面白さは沸いて来ないのである。ほとんどの学生は最初の数ページで脱落する運命にある。そして、その作品が嫌いになってしまうのである。

それなら、最初は翻訳で読み、後で必要に応じて原典を参照すればよいのではないか。その方が、途中で投げ出して、挙句にその作品が嫌いになってしまうよりは、よほどいいであろう。もちろん、読解力と忍耐力と時間のある人は、原文にチャレンジすればよい。

要は翻訳でもよいから、自分のフィーリングに合った本を楽しく乱読することが大事ということであろう。そこから、読書の楽しみも生まれて来るというものである。

このアドバイスは英文科の学生にとってのみならず、広く一般の読書人にとっても、大いに参考になるものであろう。無理やり読まされるという義務としての読書は好ましいものではない。自分が「本当に面白い」と思ったものに巡り会うような読書、自分の感性に合ったものを探しあてて読むという読書が大切なのではないだろうか。

仕事上どうしても読まなければならない本は別として、自由な時間に趣味で読む本に義務を持ち込むと楽しくなくなってしまうのである。文学の勉強であるとか語学の勉強であるとか思うと、どうしても構えてしまう。小説の面白さからは遠ざかってしまわざるを得ない。だから、勉強といったことを忘れ、自分のフィーリングを大事にした読書をすればいいのである。

何だか読書論のようになってしまったが、とにかく、こうした選択基準で選ばれたイギリス小説の作品の一つが『アイヴァンホー』だったので、誠に我が意を得たりと思ったのである。イギリス小説の読み方、そして『アイヴァンホー』の鑑賞に当たって、良き理解者を得たという気がしたのである。理屈ではない、とにかく読んで面白いのが『アイヴァンホー』という作品なのである。

■歴史ロマンスの魅力■

『アイヴァンホー』が面白いということについては、一応頭の中ではおわかり頂けたと思うが、では、その作品としての「魅力」は一体どういったところにあるのであろうか。そのことについて考えてみたい。『アイヴァンホー』は理屈ぬきで面白いと言ったが、その面白さの源泉、即ち「魅力」はどこにあるのか、ということについて分析してみることにしたいと思う。

『アイヴァンホー』は、一言で言えば、「歴史小説」であるが、むしろ「歴史ロマンス」に近いと言ってもよいであろう。それは単なる歴史ものではなく、また単なるロマンスでもない。歴史とロマンスの両方の要素を兼ね備えた「歴史ロマンス」なのである。歴史もロマンスも、それぞれ独自のジャンルを構成しているが、その両方が合体した時に、そこには独自の魅力が生まれるように思われる。つまり、一種のブレンド効果が生じるのである。あるいはシナジー（相乗）効果と言ってもいいかもしれない。

「歴史ロマンス」という言葉自体は、文学用語辞典のようなものにも載っていないであろう。言葉としては、やや曖昧な感じがしないでもない。しかし、一般的な定義としては、「歴史を題材としたロマンス」というふうに考えるのが妥当ではないかと思われる。そこでは、歴史という何となくノスタルジアを誘うような要素と、ロマンスという恋愛をイメージさせるような要素とが、混ざり合っていて、独特の雰囲気をかもしだしているのである。そこで、そもそもロマンスとは何なのか、という疑問に答えなくてはならないであろう。

■ロマンスと小説■

原作の『アイヴァンホー』は、もちろん小説なのであるが、普通の小説とは少し異なる性格を持っている。それはロマンス的な要素を多く持っているということである。

では、ロマンスとは何か、ロマンスと小説の違いは何か、ということを見てみたい。

もともとロマンスとは、ラテン語やギリシア語といった古典語ではなく、フランス語、イタリア語、スペイン語、ポルトガル語といったロマンス語で書かれた物語を意味した。

つまり教養のある人々が読む古典語の詩文ではなく、一般庶民が聞く俗語の物語のことを意味したのである。

ロマンスの特性としては、「性格を誇張し理想化すること、冒険的なもの、異常なもの、仮説的なもの、を重視すること、色彩・景色・異国情調を強調することなど」（福原麟太郎、吉田正俊編『文学要語辞典』）が挙げられる。もちろん、この定義に挙げられた条件のうち、どれか一つが当てはまるからと言って、その作品が直ちにロマンスであるということにはならないのは、言うまでもない。そうした条件が総体的に集まって初めて、ロマンスというものが成立するのであろう。

ロマンスはまた、ノヴェル（小説）との比較で考えられることも多い。ノヴェルとロマンスを区別する指標として、小説が right or wrong、つまり「正しいか間違っているか」という価値基準を持っているのに対して、ロマンスは good or evil、つまり善か悪かという価値基準とを持っているという区別もある（『ノヴェルとロマンス』、二三一―二三二ページ）。ノヴェル（小説）がその場所での社会通念に合致しているかしていないかという価値基準に則っているのに対して、ロマンスは善悪という不変の価値基準に則っている、というのである。

この基準からしても、『アイヴァンホー』はノヴェルと言うよりは、むしろロマンスの方に近いということになるであろう。何と言っても、『アイヴァンホー』の世界を支配しているのは勧善懲悪の考え方であり、善悪という価値基準が明確になっているからである。

我々は現実世界の中で生きていると同時に、非現実的世界を志向することもある。人間は現実の中だけで生きることはできないのであって、多かれ少なかれロマンス的な世界をも求めていると言える。その二つの方向性は当然、文学の中にも現れて来るのである。ギリアン・ビアは、この点について次のように述べている。

すべてのフィクションは二つの基本的な衝動、日常生活を模倣する衝動とそれを超えようとする衝動を持つ。およそ文学らしい文学で、そのどちらの衝動も含まない作品を考えることは難しいだろう。(ギリアン・ビア『ロマンス』、一六ページ)

『アイヴァンホー』は基本的に「小説」である。それは間違いない。しかし、近代的な意味での純粋な小説、つまりノヴェルかと言うと、必ずしもそうとは言い切れないのである。つまり、小説ではあるものの、「ロマンス」にかなり近いものがあるのである。しかし、完全なロマンスであるかと言えば、これもまた否定されなければならない。近代小説の条件も少なからず備えているからである。

では、『アイヴァンホー』は一体、小説なのかロマンスなのかということになるが、その両方であると言うしかないであろう。結局、「ロマンス的要素を多分に持った広い意味での小説」というところに落ち着くように思われる。この、小説ではあるもののロマンスに近い、また完全なロマンスではない、といった中間的なところに、『アイヴァンホー』が占める独自の位置があるように思われる。そして、その独自の位置こそが『アイヴァンホー』の魅力の一つなのではないか、しかもその魅力のかなり重要な要素なのではないか、というのが、私の仮説なのである。

■中世へのタイムスリップ■

次に、「歴史ロマンス」の「歴史」の部分について考えてみたい。現代の世界から『アイヴァンホー』の世界に入って行くに当たって、我々にはそれなりの準備が必要である。

しかし、準備と言っても、『アイヴァンホー』の舞台となっている時代に関して、歴史の教科書を引っ張り出して改めて勉強し直すというようなことではない。その準備のための教材は、作者スコットがちゃんと作品の最初に用意してくれている。

まず『アイヴァンホー』の冒頭で、我々は十二世紀のイギリスに案内される。最初に作品の舞台となる「メリー・イングランド」（楽しきイングランド）と呼ばれる地域一帯についての説明がある。その部分の内容については、第八章「『アイヴァンホー』翻訳の歴史」で、いくつかの翻訳文を紹介するので、後でご覧頂きたい。その後、十二世紀、リチャード一世治世の頃の国内政治状況についての説明が続く。この説明を読めば、『アイヴァンホー』の舞台や時代背景がすっかり理解できるのである。

こうして、我々は言わばタイムスリップによって、現代から中世のイギリスへと導かれる。スコットは最初に数ページにわたって作品の場所と時代背景を読者に説明した後、こう述べるのである。

さて、まずこれだけのことは、ぜひ一般読者諸君のために、書いておかなければならないように思えるのである。（第一章、中野好夫訳、以下『アイヴァンホー』

からの引用はすべて中野訳）

この最初の数ページの説明が少し退屈であることは確かである。しかし、最初の説明さえ我慢すれば、後は楽しくなる。それに、場面と時代背景についての予備知識がないと、読者の方も困惑してしまうであろう。その予備知識を、スコットの方でちゃんと用意してくれているのである。皮肉ではなく、親切という他はない。タイムスリップとしてのスリルは多少、少なくなるかもしれないが、何となく安心して物語の中に入って行けるというメリットがあるのだ。

■史実とフィクションと伝説の融合■

歴史小説にしても、歴史ロマンスにしても、歴史というものを扱っている以上、史実をどの程度採り入れるか、史実を基にしてどのようなフィクションの世界を構築するかが、問題になる。それは作家に課せられた最大のテーマであろう。史実に忠実であり過ぎると、単なる歴史になってしまう。かと言って余りにも史実から離れ過ぎると、「歴史もの」

ではなくなってしまうのである。

こういった、史実に対してどの程度、忠実であるべきかについて、即ち「史実度」の問題について、日本でも古くからさまざまな考え方があった。森鴎外の言う有名な「歴史其儘（そのまま）と歴史離れ」の問題である。鴎外以来、多くの「歴史小説論」が主張されて来たし、井上靖と大岡昇平で歴史小説の中の史実度を巡っての論争も行われたことがある。しかし、未だに結論らしい結論を見るには到っていない。

ただ確実に言えることは、フィクションと歴史とは違うということと、歴史小説は史実にはない人間の温かみを伝えているものであるということである。小林氏は『アイヴァンホー』について次のように書いている。


もちろんこの作品に描かれた物語はフィクションであり、歴史的に正確を期す立場から見ればウソや誤り、想像力の過剰は容易に指摘できるだろう。時代錯誤もはなはだしいと言えるところは多々ある。

けれどもここには、あえて言うならば、中世の息づかいがあり、香りがある。無味乾燥な史実の羅列にない生命力がある。一〇〇〇年近く前の遠い国のできごとを身近なものに感じさせてくれる臨場感がある。第一章のやや退屈な説明を乗り切れば、あとは中世物語の世界に遊ぶことができるのである。（前掲書、一五五ページ）

そして、もう一つ重要な点は、スコットの『アイヴァンホー』が歴史小説というものに一つの「定型」を与えたことである。この点について、大岡昇平は次のように述べている。

「アイヴァンホー」はしかし大正末から昭和のはじめにかけて隆盛に赴いた、いわゆる大衆小説に一種の型を与えている。その一つの特長は、歴史上あまり重要でない人物に、指導的役割を与えることである。アイヴァンホーは善玉のリチャーズ獅子王方のあまり身分の高くない騎士だが、歴史は彼の恋と冒険を通じて物語られ、リチャーズ王やロビンフッドは危機的瞬間に姿を現わすにすぎない。

この種の副次的人物の冒険を通じて、歴史的事件を書くのが、スコットの発明の一つであった。そしてこの観点はもっと重要でない副人物群を、リアリスチックに描くという手法と繋っているのである。（『歴史小説の問題』、四二ページ）

史実の扱い方や史実との距離が難しい歴史ものにあって、大岡の指摘するスコットの手法が大きな進歩であったことは間違いない。スコットの影響を受けて多くの作家が歴史ものを書くことになるのである。とにかく、「副次的人物」アイヴァンホーをうまく使いながら、史実とフィクションの間をうまく縫って、絶妙に歴史小説（ロマンス）を書いたところが、スコットの優れている所以であろう。

さらに見逃すことができないのが、作品の中に伝説を採り入れたことである。『アイヴァンホー』にはロビン・フッドとその仲間たちが登場する。ロビン・フッドは、言わずと知れたイギリスの国民的な英雄である。このロビン・フッドにまつわる伝説をうまく導入することによって、『アイヴァンホー』は一層興味深い物語になっているのである。それは単に歴史とフィクションの融合だけに留まらない。歴史とフィクションと、さらにロビン・フッド伝説も加わっている。これら三つの要素が融合することによって、『アイヴァンホー』独特の魅力が生み出されているのである。

なお、ロビン・フッド伝説については、第三章で詳しく述べることにしたい。

■勧善懲悪と止揚■

『アイヴァンホー』は基本的に「勧善懲悪」の物語であると言ってよいであろう。「勧善懲悪」とは、「善を勧め、悪を懲らしめる」、という意味である。一般的にこの「勘善懲悪」の世界では、善と悪が初めから固定化されていて、その枠組みが最後まで崩れることはない。つまり、登場人物たちは「善玉」と「悪玉」に明確に分かれていて、最後には「善玉」が勝利を収めるのである。さらに、「善のグループ」と「悪のグループ」が対立することもある。その場合も、最後には「善のグループ」が勝利を収め、「悪のグループ」が負けて、しかるべく罰を受けたり、懲らしめられたりすることに変わりはない。

日本で典型的な勧善懲悪ものと言えば、時代劇の多くがそれに該当するであろう。有名な「水戸黄門」を始め、多くの時代劇のドラマや小説がこの勧善懲悪のパターンに従って進行する。一回毎に話が完結するテレビドラマで言えば、毎回ストーリーは違うものの、最後には必ず「善」が勝利を収める、ということになっているし、視聴者の方でもそのことは予めわかっている。「善」の側がどんなに困難で不利な状況に陥ったとしても、彼らは必ずその状況を克服し、「悪」の側をやっつけるのである。「悪」の側が勝つことは、万が一にもない。だから、安心して見ていられるのである。

しかし、これは、常識的にと言うか、冷静に考えてみれば、不自然極まりない話である。実際にはあり得ないことなのである。しかし、すべてはそのあり得ないということも十分わかっている上での話である。その点にこそ、「勧善懲悪」ものの魅力があり、本質とも言うべきものがあるのだ。倉橋由美子は勧善懲悪について、次のように述べている。

正義が必ずしも幸福をもたらさないことが明らかであるからこそ正義はかならず幸福をもたらすと仮定することに意味がある。その仮定にもとづいて勧善懲悪の物語ができあがつた時それが人を楽しませるのは、人がその仮定が真であることを願ふからである。(『波』、一九七七年九月号、新潮社)

「正義はかならず幸福をもたらす」という「仮定」の下に勧善懲悪の物語は成り立っているのであり、その仮定を承知の上で我々はその物語を楽しむのである。この原則は、テレビドラマでも、小説でも、全く同じことであろう。

第四章「『アイヴァンホー』の歴史的背景」で詳しく述べるが、『アイヴァンホー』は基本的にはサクソン人とノルマン人の対立を基本とした一種の勧善懲悪の物語である。アイヴァンホーの父セドリックはノルマン人の支配からサクソン人を解放するため、ある計画を立てていた。その計画とは、サクソンの王家の末裔アセルスタンを自分が後見人となっている高貴なロウィーナ姫と政略結婚させ、サクソン王朝の復興を図ろうとするものである。ところが、息子アイヴァンホーがロウィーナに思いを寄せていたため、セドリックは怒ってアイヴァンホーを勘当してしまう。アイヴァンホーが別名「勘当の騎士」と呼ばれているのは、そのためである。

『アイヴァンホー』では、一応、アイヴァンホーやセドリックたちのサクソン人が「善玉」であり、王弟ジョンやノルマン人騎士のボア＝ギルベールたちが「悪玉」という構図になってはいる。最後には善玉が悪玉をやっつけるのである。そして、ハッピーエンドとなる。

しかし、『アイヴァンホー』が全くの勧善懲悪の物語かと言えば、必ずしもそうではないのである。つまり、リチャード獅子心王が十字軍遠征から戻って来て、アイヴァンホーの活躍によって、ジョンの陰謀を挫き、アイヴァンホーも最後にはロウィーナと結婚し、ハッピーエンドとなるわけであるが、リチャード王はと言えば、そもそもノルマン人なのである。それもただのノルマン人ではない。イングランドを征服したノルマンディー公ウィリアムの曾孫に当たるノルマン王朝の国王なのである。物語ではノルマン人とサクソン人の対立の構図が見られるが、考えてみれば、「サクソン人」の騎士アイヴァンホーが「ノルマン人」のリチャード王を助けて活躍するというところが最初から変と言えば変なのである。

しかし、仮にサクソン人がノルマン人をやっつけて天下を取るなどということになれば、それは史実に反してしまう。仮に『アイヴァンホー』が歴史小説でなければ、それは一向に構わないであろう。「イフ（If）」（もし）を前提とした虚構の物語になる。しかし、歴史小説（ロマンス）という前提がある以上、それは考えられない結末なのである。結局、サクソン人とリチャード王の言わば共通の敵ジョンの陰謀を挫き、そのノルマン人の部下をやっつけるために、アイヴァンホーが活躍するというところが、作品のポイントになっているわけである。

要するに、『アイヴァンホー』では、サクソン人が善玉ではあるが、必ずしもノルマン人のすべてが悪玉という構図にはなってはいないのである。もちろん、ノルマン人の騎士たちがサクソン人の騎士たちをルールに反して殺すシーンもある。ジョンの主催する馬上槍試合の模擬混戦の場面である。ジョンはリチャード王のいない間に権力を奪おうとして邪魔なサクソン人を殺させるのである。しかし、同じノルマン人でもリチャード王は善玉であり、結局はリチャード王の復帰とノルマン王朝の存続を祝って、物語は大団円を迎えるのである。

このように、『アイヴァンホー』は形式上は勧善懲悪ではあるものの、最後にはノルマン人のリチャード王による新しい秩序の構築と、アイヴァンホーとロウィーナの結婚という、言わば「止揚」の状況が生み出されて、すべてハッピーエンドになるのである。「止揚」とは元来、哲学用語であって、「二つの矛盾した概念を一段高い段階で調和・統一することという意味である。しかし、ここでは哲学がどうこうと言うのではなく、広い意味で使っている。つまり、善玉と悪玉、サクソン人とノルマン人という相対立するものをうまく調和・統一するというくらいの意味なのである。

■「中間」の概念とその魅力■

『アイヴァンホー』の面白さとは何か。そして、その魅力はどこから来ているのか。こういった問いに答えようとする時に、これまで述べて来たような「中間」あるいは「止揚」という概念がいくつか見られることが明らかになって来る。ロマンスと小説の中間・止揚、史実とフィクションの中間・止揚、そして善悪の中間・止揚、こういったさまざまな「中間・止揚」の概念が、『アイヴァンホー』の面白さや魅力のカギになっているのではないかという気がするのである。相対するものが混ざり合う、ある意味では曖昧で流動的な領域に、「中間・止揚」が存在するのである。

「中間」と言うと、普通はとかく中途半端な印象を与える。しかし、色にたとえれば、いわゆる中間色の魅力もあると思う。原色が好きな人もいれば、中間色が好きな人もいる。まさに人それぞれなのであるが、『アイヴァンホー』の世界は、原色ではない、この中間色の魅力を持っているように思われるのである。どちらか一方という極端に偏らずに、その中間のちょうどよいところでまとまっている。言わば止揚の状態にある。その居心地の良さが『アイヴァンホー』の魅力を生み出しているのではないだろうか。そんな気がするのである。

この考え方というか印象は、私の個人的なものであり、同時に仮説に過ぎない。『アイヴァンホー』という作品の魅力の拠って来たるところ、あるいはその源泉については、他にもっといろいろな考え方や感じ方があることであろう。それは人それぞれであると思う。敢えて言うならば、さまざまな感じ方や捉え方をすべて包容してしまうのが、『アイヴァンホー』という作品なのではないだろうか。『アイヴァンホー』のスケールの大きさは、作品の内容だけではなく、そういったところにも現れているように思われるのである。

次章から具体的に小説『アイヴァンホー』の内容やさまざまな背景を見て行くことにしよう。

第2章

小説としての『アイヴァンホー』

■小説『アイヴァンホー』の特徴■

これまで見て来たように、『アイヴァンホー』はロマンス的な要素の非常に多い小説である。そこにはスコットの小説によく見られる特徴とも言うべきものがある。そのいくつかを挙げてみよう。

一．**作者自身が読者に語り掛けていること。**

『アイヴァンホー』に限らないが、スコットの小説にはスコット自身が読者に直接語り掛ける場面がよく見られる。これは作家が読者を非常に意識していることの表れである。こうすると、読者は作家自身が自分の目の前に現れるような印象を持つのである。

これは十八世紀以降のイギリス小説の伝統的手法でもある。例えば、スコットと同じイギリスの作家ヘンリー・フィールディング（一七〇七—一七五四）は、「イギリス小説の父」と呼ばれているが、その作品の中で常に読者を意識し、語り掛ける手法をとっている。代表作の『トム・ジョウンズ』などでも何かにつけ「読者よ」と語り掛ける。ただ、それが時には差し出がましいように思えることもなくはない。

このような作家の読者に対するスタンスが、十八世紀以降、スコットの時代まで続いていたのである。スコットもフィールディングにかなり影響を受けていた。つまり、スコットも常に読者を意識しながら物語を書き進めるというフィールディングの手法を踏襲しているのである。その例をいくつか挙げてみよう。

…この邪魔の原因については、もう一組、別の人物たちの出会った事件の話をしておかなければ、事情がよくわかるまい。つまり、わたしたちはあのアリオストーとちがって、劇中人物のただ一人だけを、むやみと一筋、馬車馬的に追って行くだけでいいとは思わないからである。（第十七章）

さて、われらのこの物語は、ここで数ページ分、前にさかのぼる必要があろう。以下この重大な物語のあとを理解するうえにぜひとも必要な二、三の事実を、この際読者諸君に知らせておくためにである。（第二十八章）

伝奇物語や浪漫的な古歌謡などになれている若い読者諸君は、おそらく憶えてい

るにちがいないが……（第二十八章）

これだけ例を挙げれば十分おわかりであろう。こういった作家のスタンスによって、読者としては、物語に対する理解がより容易になると同時に、作家に対して親近感も沸くことにもなるのである。

二．各章冒頭に数行の詩句が掲げられていること。

これも『アイヴァンホー』に限らないが、各章の冒頭には必ず他の文学作品の詩句や文章の一節が記されている。ほとんど数行のものであるが、その章の内容を象徴的に表していることが多い。我々はこの一節によってその章の内容を言わば予告的に知らされると同時に、その章のイメージを抱くのである。

『アイヴァンホー』の冒頭にも実にさまざまな作品からの詩句や文章が記されている。作品の種類から言うと三十以上にもなる。一番多いのはシェイクスピアで、出典は、『ヴェニスの商人』、『ヴェロナの二紳士』、『ヘンリー五世』、『コリオレーナス』、『ジョン王』、『リチャード二世』、『リチャード三世』である。他に、チョーサー、アディスン、マーロウ、ホメロス、ホッグ、クラブ、シラーなど、イギリス文学に限らず、実にさまざまな国の作家や詩人が出て来る。また、作者不詳のものや、古謡、古劇といったものもいくつかあり、実に多岐にわたっていることがわかる。

この中で、作家別に見ると、シェイクスピアが圧倒的に多い。特に『ヴェニスの商人』が三つもあるのは、スコットがこの作品をかなり意識していることの証左であろう。この『ヴェニスの商人』の『アイヴァンホー』への影響については、後に述べることにしたい。

いずれにしても、これだけ豊富な出典を見ると、スコットの博覧強記ぶりに驚かされる。もちろん場当たり的に掲げたわけではない。小説の本文内容にふさわしい詩句や文章を当てはめているのである。まさに適材適所である。そういった一節を思い出すには、相当な知識や記憶力が必要である。長年、多くの作品に親しんでいなければ、到底できないことである。若い頃からの読書等で、スコットの頭の中にはそれだけのものが入っていたのである。

三．画家の視点で場面を描写していること。

『アイヴァンホー』の描写の特徴の一つに絵画的視点がある。つまり、画家の視点で状況を描写するのである。例をいくつか挙げてみよう。

実際もしこのとき、そういう画題をうまくこなす画家がいたとしたら、この老いさらぼえたユダヤ人が、じっと身体を二つに折り、冷え切った両手を、ぶるぶるふるわせながら、火にかざしている光景は、それこそ「冬」そのものの象徴として、それこそうってつけの画題だったのではあるまいか。（第五章）

アイザックは、濡れた床から身をまもるように、服をたくし上げ、獄屋の隅にじっと坐っていた。組んだ両手、乱れた頭髪、髯、そしてまた毛皮の外套、山高のユダヤ帽というその姿が、射すとも見えないかすかな漏れ陽に浮き出ているところは、もしこの時代に名画伯レンブラントが生きていたとすれば、さぞかし好画題として飛びついたことだろうと思える。（第二十二章）

このような描写の手法が『アイヴァンホー』の特徴の一つになっていると言える。この手法によって、我々はアイザックの様子が手に取るようにわかる。まるで一幅の絵を眺めているようにさえ感じられるのである。特にレンブラント（一六〇六―一六六九）の名前が挙げられているのを見てもわかるように、スコットはこのオランダの画家が気に入っていたに違いない。光線の効果を生かしたその画風は独自の世界を作り出している。

四．写実的要素を入れるのを忘れないこと。

スコットは『アイヴァンホー』の中に「写実的要素」を含ませることを意識的に行っている。つまり、ややもすれば非現実的な物語になりかねない歴史ロマンスにおいて、現実感を与える要素を採り入れて、綿密な描写を行うのである。特に人物の風貌や身なりなどの描写は、まさに微に入り細に入ったものである。一例として、ヒロインのロウィーナの外見についての描写を見ることにしよう。少々長くなるが、引用する。

　一点非の打ちどころもない麗姿とでもいうのだろうか、背は高いが、高すぎて人目を引くというほどではないし、肌は抜けるように白かったが、いかにも気品のある頭の格好、目鼻立ちのよさ、それがよくあの色白の美人にある味気なさを救っていたのだ。前額そのものにたっぷり表情をあたえている形のいい鳶色の眉、そしてその下に、まるで宝玉でも秘めたように輝いている澄んだ青い眼、それは人の心をかき立てる眼でもあれば、とろかす眼でもある。命令する眼でもあれば、なにかをつよく求める眼でもあった。こうした特徴の組合せから生れる自然な表情といえば、まずおだやかさというのが普通かもしれないが、姫の場合は別だった。たえず人の上に立ってきたうえに、いつもみんなから敬意ばかり受けているせいか、生得の気高さ、さらにそれに一段と磨きをかけられたものまでが加わって、一種まばゆいばかりの高貴さをつくり出していた。あふれんばかりのゆたかな髪、色は茶とも亜麻色ともつかぬ間色だったが、それが無数の小さな巻き毛になって、ひどく風変りだが、しかしまたいかにも優雅な髪形に結い上げられている。自然の巻き毛のうえに、おそらく人工もまた加わっているのにちがいない。そしてそれらの髪には宝石がちりばめられてあり、それをいっぱいに垂らしているのだから、それだけでも、姫の高貴な生れ、そして自由の身に生れた身分柄は一目でわかった。首には黄金の鎖、そして末端には聖なる遺物を入れた、やはり黄金の小匣がぶらさがっている。あらわな腕には腕輪。衣装はといえば、うすい海緑色の下着、そしてスカート。その上には長いゆったりとしたローブが軽く羽織られていた。床までもとどくほど長い、そして袖は、やっと肘の直ぐ下までを蔽うだけの短さである。もっとも、袖幅のほうは実に広い。そしてこのローブ、色は真紅、もちろんとびきり上質の羊毛で織られていた。襟のところには、金糸を織りこんだ絹のヴェールがついており、これはスペイン風に頭から胸までかくすなり、また、いわば肩衣のように、肩のまわりだけを蔽うなり、そこは使うものの好き好きだった。（第四章）

この例を見れば、十分であろう。このように新たな人物が登場するたびに、その人物について、実に詳細な描写が成されるのである。こういった描写を見ると、『アイヴァンホー』が実に写実的な作品でもあることがよくわかるのである。

■夏目漱石の『アイヴァンホー』論■

英文学者でもあった夏目漱石は、スコットもよく読んでいた。その『文学論』は、漱石が一連の小説作品を書くまでに、英文学を含む多くの読書体験の中から構築した独自の文学理論である。漱石はイギリス留学中にさまざまな考えをノートに書き留めたが、それがこの『文学論』の中心になっている。その中で、漱石は『アイヴァンホー』をとりあげ、その中の描写の手法について分析しているのである。

『アイヴァンホー』第二十九章から三十一章にかけて、物語はクライマックスに達する。黒騎士のリチャード王やロクスリー（＝ロビン・フッド）たちがアイヴァンホーやロウィーナ、レベッカたちが捕らわれているトルキルストン城を攻める場面である。負傷してベッドに横たわるアイヴァンホーに外の様子はわからない。そこでレベッカが逐一、窓の外の戦況をアイヴァンホーの質問に答える形で語って聞かせるのである。

漱石はこの場面と技法に注目し、『文学論』の第八章「間隔論」の中で、約四ページにわたって詳細かつ理論的にその効果について論じている。この方法によって、戦況についてのレベッカの説明は、読者にとって手にとるようにわかる。レベッカとアイヴァンホーのやりとりの一部を見てみよう。

「森の縁をめぐってずっと射手たちが並んでいるようでございますし、中には二、三、暗い陰から姿を現わしているものもおります」

「して、旗印は？」

「軍旗らしいものは一向に見えませぬ」

「それはまた奇態なこと、これだけの城を攻撃しようと申すに、旌旗も軍旗もかかげていぬとは。指揮者らしいものは見え申さぬか？」

「真黒い甲冑をお着けなされた騎士が一人、際立って目には立ちまするが。頭の先から足の先まで、全身物具をお着けになったはその方お一人、全体の指揮をとっておられるようでございます」

「して、楯の紋は？」

「なにやら鉄棒のようなものと、それに黒い楯には、南京錠の絵が青く描いてあるようでございます」（第二十九章）

まさに「実況中継」である。レベッカはこの後さらに、戦闘の模様をアイヴァンホーに伝えて行く。戦闘が激しさを増すに従って、レベッカの報告も次第に熱を帯びて行く。感嘆符（！）が次から次に出て来る。このトルキルストン城攻略の場面は、『アイヴァンホー』のクライマックスであるが、その中にあって、レベッカとアイヴァンホーによる「実況中継」は、まさに真に迫っていると言える。漱石は、この場面における著者はレベッカで、しかも読者はそのレベッカと同化している、と説く。

漱石は若い頃、『アイヴァンホー』を読んで、第二十九章のこの場面に特に感心した。ただ、その時は作品を楽しむだけであった。それを後年、改めて分析し、「間隔論」として理論化したのである。漱石の理論によって、この場面の描写の独自性が明確になったと言うことができよう。

■「アイヴァンホー」の命名■

ところで、「アイヴァンホー」という名前は、どういうところから来ているのであろうか。実はもともとイギリスの地名なのである。バッキンガムシャー州にあった古い土地の名前をスコットは使ったのである。

スコットは、一八二八年、自らの小説全集「オプス　マグヌム」（ラテン語で「大作」の意）の編集を行う。その際、すべての作品に序文や注釈を付けている。『アイヴァンホー』に付けた序文の中で、「アイヴァンホー」という名前についてスコットはこう書いている。

アイヴァンホーという名は、古い歌から思いついた。小説家たちはみんな、あのフォールスタフと同様、「どこかに良い名を手に入れる所はないものか」と思う場合がある。この場合、ちょうどこの作者は、有名なハムプデンの祖先がテニスでけんかして、黒太子エドワードをラケットでなぐった罰として没収された、あの三つの荘園の名の歌を思い出したのだった。──

トリング、ウィング、アイヴァンホー、
一発なぐったその罰で、
没収されたハムプデン、
処刑もされず、よかったぞ。

（『アイヴァンホー』「解説」、大和資雄訳）

この部分を読むと、「アイヴァンホー」という名前の出処が判明すると同時に、（少なくとも当時の）小説家たちが登場人物の名前を手に入れるのに苦労しているという事情もわかる。「古い歌」というのはイギリスの民謡であると思われるが、やはり歌だけあって語呂がよい。少なくとも数百年は歌い継がれた歌詞の一部が基になっているというのは、なかなか興味深いことである。

因みに、文中に出て来る「フォールスタフ」とは、シェイクスピアの『ヘンリー四世』と『ウィンザーの陽気な女房たち』に登場する喜劇的人物である。

スコットはさらに続けて、「アイヴァンホー」という名前を選んだ理由について、二点挙げている。即ち、「まず、古い英語の音調があり、次に、話の性質についてどんな意味をも伝えなかった」ということである。特にこの二つ目の「資格」について、非常に重要であるとして、次のように述べている。

魅力ある題名といわれるものは、書店ないし発行者の直接の利益に役立ち、それによって時には、印刷中に一版ぐらい売れることがある。しかし著者が発行前から余りにもその著作に注意をひかせ過ぎると、読者の期待が満たされなかった場合に、著者の文学上の名声にとって致命的な失敗となって、著者は困った立場になる。それにまた、火薬陰謀事件とか、そのほか一般歴史上の書名に出会う時、読者たちは、その本を見る前に、その話や面白味について、めいめいに自分なりの観念をつくりあげ、読んでみて失望するかも知れない。その場合、そうして起きる不愉快な感情が、当然、作者または作品に報復されるであろう。そんな場合に文学の冒険家が批難されるのは、彼がねらった的を射損ったためではなくて、思いがけない方向に彼の矢を放たなかったためである。

この、文学作品、特に小説の題名に関するスコットの考え方は、現代でもそのまま通用するように思われる。『アイヴァンホー』が今日でも広く親しまれているのには、作品の内容もさることながら、題名の持つ性質も大いに影響しているのかもしれない。日本文学にしても、外国文学にしても、作品の題名というのは、改めて考えると深く難しい問題を含んでいると言える。

■多様な登場人物たち■

『アイヴァンホー』には、一五〇人以上の人物が登場するとされている。これだけの壮大な歴史絵巻である。そのくらいの規模になって、当然であろう。ここで『アイヴァンホー』の主要な登場人物たちのプロフィールを見ることにしよう。

○アイヴァンホー（Ivanhoe）

言うまでもなく作品の主人公。セドリックの息子ウィルフレッド。幼なじみのロウィーナと相愛の関係。勘当されたために、「勘当の騎士」と呼ばれた。巡礼に身をやつして、十字軍遠征から帰って来る。

○ロウィーナ（Rowena）

アルフレッド大王の血を引くサクソンの王女。気品のある美女。相愛のアイヴァンホーとは遠い血縁関係にあり、幼なじみ。しかし、身分は上である。セドリックが後見人となっている。最後に二人は結ばれる。

○レベッカ（Rebecca）

ユダヤ商人アイザックの娘。東洋風の美女。アイヴァンホーに思いを寄せる。馬上槍試合で負傷したアイヴァンホーを介抱する。魔女裁判にかけられたところをアイヴァンホーに助けられる。アイヴァンホーへの思いはかなえられず、最後は父と共にグラナダに去る。

○リチャード一世（Richard I）

リチャード獅子心王（一一五七―一一九九）。プランタジネット朝の国王。ノルマン人。勇敢かつ寛容で、中世の騎士の典型とされる。第三回十字軍遠征を指揮し、勇名を馳せた。アイヴァンホーの主君。作品中では、ほとんど「黒騎士」として活躍し、人間的にも優れた名君として描かれている。古くから、ロマンス、民謡などに登場する。

○王弟ジョン（John）

リチャード一世の十歳年下の弟（一一六七―一二一六）。ノルマン人で、サクソン人を憎んでいる。兄の十字軍遠征中、横暴に振る舞い、王位簒奪をもくろむが、兄の帰国によって失敗する。その死後、王位に就く。後に失政によって、貴族たちの圧力で有名な「大憲章（マグナカルタ）」に署名させられる。この歴史的意義は大きい。イギリス王室史上、最も悪名の高い王で、物語でも悪役とされることが多い。

○セドリック（Cedric）
サクソン人の郷士。アイヴァンホーの父。ロウィーナの後見人で、サクソン王家の復興をもくろみ、彼女をアセルスタンと結婚させようとする。そのため、彼女と恋仲のアイヴァンホーを勘当する。最後には、二人の結婚を許す。

○アセルスタン（Athelstan）
サクソン王家の末裔。コニンズバラ城に住む。セドリックによってロウィーナ姫と結婚することになっていた。鈍重で、「ぐずのアセルスタン」のあだ名がある。

○アイザック（Isac）
ユダヤ人の金貸し。シェイクスピア『ヴェニスの商人』のシャイロックに似ている。「ヨークのアイザック」と呼ばれている。けちで、疑い深く、いつもびくびくしている。娘はレベッカ。

○ブリアン・ド・ボア＝ギルベール（Brian-De-Bois=Gilbert）
ノルマン人の騎士。ノルマン・フレンチの名前を持つ。聖堂団騎士で、アイヴァンホーの仇敵。無理やりレベッカに求愛する。

○フロン＝ド＝ブーフ（Front-De-Boef）
ノルマン人の騎士。ボア＝ギルベールと同様、ノルマン・フレンチの名前を持つ。後に攻防戦が繰り広げられるトルキルストン城の城主。

○ド・ブレイシー（De=Bracy）
ジョンに仕えるノルマン人の傭兵隊長。ロウィーナに求愛する。軍人ではあるが、優雅な面も持っている。

○ロクスリー（Locksley）
サクソン人。実はロビン・フッド。シャーウッドの森で活躍した義賊で、権力者を相手に戦う。鮮やかな緑の服を着ている。ロクスリーとはその出身地。中世のバラッドなどにしばしば登場する。実は「ハンティンドン伯爵」であったとされることが多い。弓の名手ということから日本の那須与一と比較されることもある。物語では、アイヴァンホーやリチャード王の味方になる。

○フライアー・タック（Friar Tuck）

タック坊主。「フライアー」とは托鉢僧のことである。ロビンの仲間で、有名な伝説的人物。好色でユーモラスな人物。「タック」とはその法衣を「たくし上げる」という意味。彼の素行を暗示している命名である。

○ガース（Gurth）

サクソン人の豚飼い。セドリックに使われている。ウォンバと共に物語の最初に登場する。

○ウォンバ（Wamba）

サクソン人の道化師。セドリックに使われている。

『アイヴァンホー』には、当時の社会に存在したほとんどすべての身分・階級の人々が登場すると言ってもよい。王侯・貴族から豚飼いに到るまで、実にさまざまな人物が登場するのである。その登場人物の多様性はシェイクスピアに匹敵するとも言われているほどである。『アイヴァンホー』の特色の一つは、中世の社会の中で多様な登場人物たちを自由に活動させたという点にある、と言うことができよう。

しかも登場人物たちは自らの地位や身分に何の疑問も抱かない。貴族は貴族、豚飼いは豚飼いで、自分の地位や身分を何の疑いもなく、受け入れて生活しているのである。そこにこの時代を描く『アイヴァンホー』の独自の世界観がある。

アイヴァンホー自身もそれほど身分の高い騎士というわけではない。しかし、彼は自らの立場を節度を以て守り、そして行動するのである。そこには、複雑な思考過程というものはない。迷わず行動するのである。自らの身分や地位に疑問を抱くようでは、物語は成り立たない。要するに、決まり切った価値観を前提とした登場人物群なのである。

■『アイヴァンホー』の英語■

ここで、『アイヴァンホー』の英語について、見てみよう。スコットが『アイヴァンホー』で使った英語は、それまで彼がスコットランド小説で使っていた方言を含んだ英語とは、かなり異なるものであった。と言うよりは、『アイヴァンホー』で用いたのがスコットランド方言の全くない標準英語であって、それまでがむしろ特別だったのかもしれない。『アイヴァンホー』が稀に見るベストセラーになったのも、もちろん作品の性格もあるが、標準英語が用いられていることが要因の一つと言われているのである。

もう一つ興味深いことは、標準英語で書かれた『アイヴァンホー』の中に、いくつか古い単語が登場することである。つまり、スコットは古くて既に使われなくなった単語を復活させて使っているのである。そういった古い英語について、オウエン・バーフィールドは『英語のなかの歴史』で次のように書いている。

二、三百年間使用されていなかった中世の語を、ウォルター・スコット（一七七一—一八三二）が蘇らせた。それは bard（吟唱詩人）、foray（急襲）、gramarye

（魔術）―そしてスコットランドでの派生語glamour（魔術、魅力）―raid（襲撃）といった語である。derring-do（豪勇）も蘇り組である。（中略）彼（スペンサー＝引用者注）はわけのわからないderring-do（desperate courage（豪勇））という名詞を作り、数回用いていたが、その後使われなくなった。これをスコットが『アイヴァンホー』*Ivanhoe*の中で使用して、再び陽の目を見たのである。（二四三―二四四ページ）

スコットはそういった単語を意識的に用いて、中世のイギリスの雰囲気を再現しようとしたのである。スコットが『アイヴァンホー』で復活させたいくつかの単語が、それ以降、再び使われ続けたというのも、興味深いことである。

■英語・フランス語併用の時代■

さらに、言語という観点から見ても、『アイヴァンホー』では興味深いテーマが扱われている。それは一〇六六年のノルマン人による征服（Norman Conquest）がもたらした二言語併用である。つまり、支配者階級（征服民族）のノルマン人が使う公用語としてのフランス語と被支配者階級（被征服民族である一般庶民のサクソン人）が使う日常の英語とが、併用されていたのである。議会の開会宣言が英語で行われたり、法廷で英語の使用が許可されたりした、つまり英語が公式の言語として認められたのが、一三六二年のことであるから、「ノルマンの征服」以来、約三〇〇年の間、イギリスはバイリンガルの状態だったわけである。

物語の初めの方でも、スコットはこの使用言語を巡る状況について説明している。

宮廷や、またその豪華さを模した強大貴族たちの城中では、ノルマン・フレンチだけが用語だった。法廷での弁論、判決もまた、同じ言葉で行なわれた。要するに、フランス語だけが、紳士の言葉、武士の言葉、いや、法廷の言葉であって、一方、より男性的であり、表現力も豊かだったアングロ・サクソン語のほうは、ほかの言葉をなんにも知らぬ田夫野人だけの使う言葉になってしまっていた。（第一章）

英語学者のフェルナン・モセも、この時期の英語とフランス語という二言語の並立状態について、次のように書いている。

しかし下層の人びとは、相変わらず自分たちの言葉を話していた。征服者の言語を強制するような政策は、まったく行なわれなかった。指導者たちは英語については無関心な態度をとっていた。しかし、下僕たちにしてみれば、主人の言語からすこしぐらいは、単語を習い覚えずにはすまなかった。フランス語を知っていることは社会における殊遇を意味した。すなわち「フランス語を知らなければ、ほとんど尊敬されない」と一二九八年に Robert of Gloucester が断言している。（『英語史概説』、五九ページ）

『アイヴァンホー』の舞台となっている十二世紀のイギリスは、英語の発達という点で興味深い状況にあったと言える。つまり、英語とフランス語がいつまでも全く別々に使われ続けたのではなく、支配者階級と被支配者階級が互いにコミュニケーションをとる必要から、言語の混合（ブレンド）が起こったのである。本文中で「リンガ・フランカ」と呼ばれているものである。それが現在の英語へと発達したのであった。

この時期、フランス語から非常に多くの単語が英語の中に流入している。今でも英語とフランス語には共通のボキャブラリーが多いが、それはこの時期のフランス語の影響によるものなのである。両者それぞれ言語体系が異なり、文法なども異なるにもかかわらず、共通の単語が多いというのは、興味深いことである。フランス語を読む時に、文法は別にして、単語で大体の意味が類推できる場合もかなりある。

「ノルマンの征服」による影響は言語としてのフランス語だけに留まらなかった。フランスやイタリアの文学や思想などもイギリスに盛んに入り込んだのである。このように、言語や文化にもたらされた影響は、本当に大きなものであった。

『アイヴァンホー』の登場人物の中で見ると、アイヴァンホー、セドリック、ロウィーナなどが普通の英語の名前であるのに対して、聖堂騎士のフロン=ド=ブーフやブリアン・ド・ボア=ギルベール、ド・ブレイシーといった人物はフランス語の名前を与えられている。もちろん彼らがノルマン人だからである。

物語の最初の、場面と時代背景についての説明の後、豚飼いのガースと道化のウォンバの二人が登場し、取り留めのない話をするのであるが、その中にサクソン語（英語）とノルマン語（フランス語）についての話題が出て来る。ウォンバが道化ぶりを発揮して、

「豚は明日の朝までにはノルマン人になっている」と謎をかけてガースに言う。ガースがその意味をわかりかねて聞き返すと、ウォンバは種をあかして説明する。駆け回っているサクソン語の豚「スワイン」は、ご馳走として貴族の前に出されるとノルマン語の豚肉「ポーク」になる、つまりノルマン人になるのだ、というわけである。

これは当時のイギリスにおける英語とフランス語の併用の状況を実にわかりやすくユーモラスに伝えている話である。一般庶民というよりはむしろ当時の社会の下層階級に属する人物たちの立場から見た言語の状況が、明確に現れている。ウォンバの軽口はさらに続く。

「あの長老先生のオックス（牛）どんだが、こいつもお前みてえな奴隷の手のうちにあるうちゃ、やっぱしちゃんとサクソン名前で通用してやがるがね。いったんこいつを召し上るお偉えお口の前へ出るとな、たちまちフランス生れの伊達男ビーフ（牛肉）どのに早変りって寸法よ。また、あのマニーア・カーフ（ミスタ・仔牛の意）も同じさ、たちまちムシュー・ド・ヴォー（仔牛肉殿という意のフランス語）とご改名に相成るでな。世話のかかるうちはサクソン名前でよ、ご馳走の材料になったとたんに、ノルマン名前に早変りってことよ、な」
（第一章）

これも同様の例である。ウォンバの口からユーモラスに語られる英語とフランス語の併用の状況は、当時のイギリスの一般庶民の冷めた感覚と困惑ぶりを率直に表している。こういう状況も物語の時代背景の一つではあるが、単なる歴史的事実の羅列ではなく、一般庶民の生活の目線に立って描かれているところに『アイヴァンホー』の歴史小説としての面白さがあるように思われるのである。

第3章

『アイヴァンホー』とロビン・フッド伝説

■ロビン・フッド伝説■

『アイヴァンホー』にはロビン・フッドが時々登場する。ただし、最初は「ロクスリー」(Locksley)という名前で出て来る。ロクスリーというのはロビン・フッドの出身地の村で、イングランド中部の都市ノッティンガムの近くにあったという(もっとも、現在はその地名は存在しない)。そのあたりには有名なシャーウッドの森(Sherwood Forest)が広がっている。

アーサー王伝説のアーサー王が貴族の英雄だとすれば、ロビン・フッドは民衆の英雄であり、国民的伝説の主人公である。横暴な貴族や悪徳聖職者たちと戦い、貧しい者に金品を施す。ロビン・フッドとその仲間たちの生き方は、悪や不正を憎み、正義と自由を愛することにあると言ってよいであろう。それは、ひいては、イギリス国民の考え方にも通じるところがあると言える。

イギリスにはロビン・フッドを題材にした民謡や物語が非常に多い。その数は文字通り数え切れないくらいである。多くの伝説がそうであるように、それらは長い年月の間に少しずつ変化しながら、イギリス人の生活に浸透して行った。まさに「ロビン・フッド伝説はイギリス民衆文化の基層に関わっている」（上野美子『ロビン・フッド物語』まえがき）のである。

古来、ロビン・フッドの存在に疑問を投げ掛ける人々がいなかったわけではない。彼が実在しなかったとする説も少なからずあった。しかし、そういった意見は常に隅に押しやられてしまったのである。「国民的ヒーローであるロビン・フッドの実在性を否定するとなると、それは国家の歴史そのものへの挑戦にもなりかねず、ひいては、ある意味で国家そのものまで否定しかねないところがあった」（バーチェフスキー、『大英帝国の伝統 アーサー王とロビン・フッド』、一五九―一六〇ページ）からである。

ロビン・フッドはイギリスやアメリカの子供たちの間では、日本の桃太郎や浦島太郎くらいにポピュラーな存在であるという。そういった数え切れないほどの民謡や物語を一つの物語にまとめたのが、アメリカの歴史小説家ハワード・パイル（一八五三―一九一一）の『ロビン・フッドの冒険』（一八八三年）である。正確な書名は『ノッティンガム州の高名なるロビン・フッドの愉快な冒険』という。これはロビン・フッドについての童話の中で最も有名な作品である。ロビン・フッドについてたくさん出ている物語は、ほとんどこのパイルの本が基になっていると言われているのである。童話作家であると同時に、挿絵画家でもあり、「近代イラストの父」とも呼ばれているパイル自身によって描かれた挿絵が、この本の魅力でもある。

また、ロビン・フッド伝説についての学問的著作の代表としては、イギリスの歴史学者J．G．ホウルトによる『ロビン・フッド　中世のアウトロー』（有光秀行訳、みすず書房、一九九四年）が挙げられる。ロビン伝説の起源や他の文学作品との関係などについての詳細な研究である。

また、ロビン・フッドは多数、映画にもなっている。「ロビン・フッドの冒険」や「ロビンとマリアン」といった作品があるが、特に一九九一年製作、レイノルズ監督、ケヴィン・コスナー主演の「ロビン・フッド」が有名である。日本でも大正期にロビン・フッドを主人公にした映画が盛んに上映され、その後テレビ番組にもなっている。

ロビン・フッドは本名をロバート・フィッツース（Robert Fitz-Ooth）という伝説上の人物である。何人かの実在の人物が基になっていると言われているが、その代表的なモデルは実在の貴族ハンティンドン伯爵であったとされている。若い頃、国法を侵したために追われる身となった。具体的には、国王の鹿を弓矢で射殺し、さらに森の役人を殺したと言われている。アウトローあるいは義賊としてのロビン・フッド伝説はここから始まるのである。

■ロビン・フッドとシャーウッドの森■

ロビン・フッドは常にシャーウッドの森を舞台に活躍している。シャーウッドの森は、イングランド中部ノッティンガムシャーにある広大な森である。当時はノッティンガムシャーの約四分の一を占めていたという。現在もその名前と共に残っていて、その広さは約四〇五平方キロメートルとされている。樫やブナの木が多い。開発で伐採されたりせずに、現在もほぼ伝説の時代の姿を留めているのは、すばらしいことである。

しかし、このシャーウッドの森もご多分にもれず、おびただしい数の観光客によって俗化されてしまった傾向があることは、残念である。アメリカの歴史学者バーチェフスキーは観光がシャーウッドの森とロビン・フッドの結びつきを強めたとして、次のように述べている。

シャーウッドの森とロビン・フッド伝説の連結の歴史は何世紀にも及ぶわけだが、

十九世紀も末に近くなると、観光業のおかげで、その結びつきはいっそう緊密になった。ちょうどコーンウォールへの観光客がアーサー王をコーンウォールの所有物に仕立て上げたように、シャーウッドを旅行日程に組み込んだ人々のおかげで、シャーウッドの森はロビン・フッドへの所有権を獲得したのである。そして、（中略）ノッティンガムシャーの暗い森はロビン・フッド伝説のなかで同じく決定的な位置を占めるにいたった。（前掲書、一九三ページ）

近代以降、シャーウッドの森が俗化されるに伴って、ロビン・フッド伝説との結びつきが一層強いものになったのは皮肉と言わざるを得ないが、いずれにしても両者の関係が切っても切り離せないものであることは間違いないであろう。実際、『ロビン・フッドの冒険』は、シャーウッドの森の中を歩くロビン・フッドを描いた次の文章で始まっている。

あるさわやかな五月の朝、ロクスリーからノッチンガムの町にぬけるシャーウッドの森を、一人の若者が弓矢を手に、口ふえをふきながら歩いていた。
シャーウッドの森は王室の森、うっかり、しかでも殺そうものなら、たちまち森役人につかまって、牢屋にほうりこまれてしまうというのだから、弓矢などを持っては、やたらに歩けないはず。しかし、日ざしはあたたかく、小鳥はうたいかけるし、若者は、がっしりした肩をゆかいそうにゆすりながら、大またに歩いた。（中野好夫訳、九ページ）

この文章にもあるように、当時、国土の約三分の一が王領林（王室御料林）であり、森の役人によって厳重に管理されていた。ロビン・フッドが活躍したシャーウッドの森もその中に含まれていた。この王領林は、国王が狩りをするためもあって、「御猟林法（森林法）」（forest law）によって厳重に守られていたのである。そこに住む鹿やウサギやリスなどは手厚く保護されていて、もしそういった動物を殺したり、木を切ったりすると、厳罰に処せられた。この御猟林法はウィリアム征服王がフランスから持ち込んだものと言われている。

ロビン・フッド伝説において「鹿の肉」は特別な意味を持っている。それは単なる食用の一動物の肉ではない。王領林と共に「中世英国民衆の挫折感の情緒的焦点であり、いわば法と秩序（ノモス）の記号であった」（川崎寿彦『森のイングランド』、八二ページ）のである。鹿は王領林で最も大切に保護されていた動物の一つである。その肉は貴重であるからこそ、ロビン・フッド伝説の中で特別な意味を持つのである。『アイヴァンホー』でも、この「鹿の肉」は時々登場する。ご馳走の代名詞として扱われているのである。ロビン・フッドがリチャード王をもてなす場面でも、鹿肉とエール酒・葡萄酒が振舞われる。

さて、ロビン・フッドはシャーウッドの森で、森を管理する役人たちとのトラブルから御猟林法を犯すことになってしまい、森の奥深くに逃げ込む。そして、並外れた弓術によって、シャーウッドの森を舞台に、仲間を集めて義賊として活躍することになる。因みに、ロビン・フッドの仲間の数は百四十人にもなると言われている。

最初は、出身地の村である「ロクスリー」という名前をとって「ロクスリーのロビン」として知られていた。ある時、ノッティンガムの弓術試合に乞食に変装して出場する。その時、ずきんをかぶっていたので、「ロビン・フッド」と呼ばれるようになったのである。「ロビン・フッド」とは「ロビン　イン　ザ　フッド」（ずきんのロビン）の意である。ロビンはこの弓術試合で見事優勝し、それを知ったアウトローたちから自分たちの首領になってくれるように頼まれ、快く承諾するのである。王領林は確かに森役人によって管理されていたが、広大な面積を誇るシャーウッドの森の奥深くには彼らの手も届かなかった。

ずきん（「フード」）をかぶるのは、顔を隠すため、つまり森役人などから見つかりにくくするためと、狩りをする際に鹿などから気付かれないためであると言われている。弓術試合に出場した時のように、「変装」するという目的もあった。いずれにしても、相手に正体を悟られないためである。ずきんは、実用的な役割の他に、ロビン・フッドの神秘性を高めるのにも役立っていると言える。

さて、「森」は人々の住む町とは対照的な場所であり、ふだんはめったに人々の近付かない「異界」であった。「森」を表す英語 forest は「外の、外国の」を表す英語 foreign と同じ語源であるということが知られている。ヨーロッパの多くの伝承文学において「異界」としての森が舞台となり、そこで不思議な物語が展開されることは、よく知られている。同時に、一般民衆を支配する国王や貴族たちの権力の及ばない自由で神聖な領域でもあった。『ロビン・フッドの冒険』には、日常生活から離れていて、かつ自由の保証された、特別な場所としての「森」について、次のように書かれている。

…役人のなかには王室の力をかさにきて、自分のふところをこやそうとはかる者があって、民衆のあいだには不平がたえなかった。

森はこういった不平をもつ人々のにげこむところだった。森には自由があった。役人の手も、森のおくまではなかなかとどかないから、支配階級の不正をにくむ者、おたずね者などは、申しあわせたように、ここにかくれがをもとめたのだった。（中野好夫訳、一三―一四ページ）

ロビン・フッドにとってシャーウッドの森は、自由の場であり、冒険の場であり、また悪を懲らしめ正義を貫く場であった。つまり、彼にとってシャーウッドの森は欠かすことのできない「空気」のような存在だったのである。実際、シャーウッドの森に限らず、森林の中の空気には、すがすがしいものがある。最近では、ある成分の働きで森林の空気が清浄化されていることが知られており、「森林浴」の健康上の効果も強調されている。中世において、そういった科学的知識は行き渡っていなかったが、人々は古くから経験的に森林の空気の気持ち良さを知っていたことであろう。

黒騎士に扮したリチャード王がシャーウッドの森にロビン・フッドを訪ねた時の言葉は、非常に印象的である。

「なんというさわやかさだ、この森の空気は。イングランドじゅうさがしても、こんな美しいところは、またとあるまい。国王の宮廷もこれにくらべれば、みじめなもの。男一ぴき、こんなところで思いのままにくらせたら、しあわせだろうがなあ。」（中野好夫訳、二七七ページ）

このリチャード王の言葉は、きっと本音に違いない。もっとも、リチャード王が本当にそう言ったとすればの話であるが。いずれにしても、ここでの森の空気のさわやかさには二つの意味がある。一つは文字通りの森の新鮮な空気という意味であり、もう一つは「自由」という意味である。このシャーウッドの森のさわやかさの中での生活は、一国の国王をも羨ましがらせるものだったのである。

それから、リチャード王はロビン・フッドと面会することになる。そして、ロビン・フッドたちは王の近衛隊や森役人として、リチャード王に仕えることになる。しかし、王の家臣としての生活は長続きしなかった。ロビン・フッドは宮仕えの生活に嫌気がさして、シャーウッドの森に戻ってしまうのである。彼にとって、真に落ち着けるのは、やはりシャーウッドの森しかなかった、ということになる。

■義賊・アウトローとしてのロビン・フッド■

ロビン・フッドは義賊として知られている。義賊とは、金持ちから金品を奪って貧しい人々に分け与える盗賊のことである。日本の有名な義賊としては、「ねずみ小僧」が挙げられる。あの映画やドラマでおなじみの民衆の味方である。確かに法律を犯しているので、彼らは「犯罪者」には違いない。しかし、その義侠を重んずる行動ゆえに一般民衆には大いに支持されたのである。また、昔から義賊は権力者の追跡からうまく逃れ、決してつかまることがない。まさに神出鬼没の活躍をする。そういったすばしこさに対しても、一般庶民は喝采を送ったのである。

義賊はまた、「無法者（アウトロー）」の側面も持っている。アウトローとは、義賊と同じように法律を犯し、社会の枠の外側にいる人間たちのことである。難しい言葉で言えば、「法益喪失者」ということになる。日本で言えば、国定忠治などがそうである。川崎寿彦は彼らをオオカミにたとえて、次のように述べている。

つまり彼らはオオカミと同じ境遇になったのだと考えてよい。だからオオカミと同じく、森、とくにフォレストに逃れた。もっとも過酷な法の支配するこの異界は、逆説的にもっとも安全なアジールであった。手あつく保護された森は、深く、暗く、隠れ住むのに絶好である。（『森のイングランド』、六六ページ）

「無法者」ではあったが、ロビン・フッドは誇りが高く、礼節をわきまえていた。弱い者や女を襲うことはなかった。彼らは一般民衆の味方であり、その闘う相手は権力者なのである。しかも義賊・アウトローとしてのロビン・フッドたちが敵と見なすのは、最高権力者である国王ではなく、国王の権力をかさに着て、横暴な振る舞いをしたり、一般民衆をいじめたりするノッティンガムシャーの「州長官（執政長官）＝代官」だということである。州長官は国王から州の政治を任されていて、立派な城に住んでいた。一般民衆を支配し、重税を取っていたので、人々の憎まれ者だったのである。ロビン・フッドたちは一般民衆の敵であるこの州長官とその部下たちを相手に戦う。州長官はロビン・フッドたちにとって、まさに仇敵なのである。

州長官はロビン・フッドたちを何回も捕らえようとするが、そのたびに森の中に逃げられてしまう。シャーウッドの森はほとんどロビン・フッドの支配下にあったようなものである。ロビン・フッドが捕らえられた仲間を救い出した後、州長官は部下に追跡を命じるが、その努力は無駄に近かった。

州長官は、気がくるったように家来をしかりつけ、兵隊たちにあとを追わせたが、森の男たちの矢の威力が骨身にしみている兵隊たちは、一定の距離をおいて、やっとお義理にあとをつけるだけだった。森の入り口までくると、もう、だれ一人、中にはいろうという勇気のある者はいなかった。（中野好夫訳、一三二ページ）

シャーウッドの森はロビン・フッドたちのまさに「聖域」になっていたのである。一方、ロビン・フッドたちは国王に対しては忠誠を誓っていて、極めて忠義なのである。それは伝説の中に見られるロビン・フッドとリチャード王の会話を見れば、直ぐにわかることである。リチャード王は、黒騎士の姿で自らを王の使者と称して、ロビン・フッドに会うが、その時ロビン・フッドが言った言葉は、次のようなものである。

「王さま、ばんざい。」

「王さまの敵はおれたちの敵、王さまの友だちはおれたちの友だちだ。」
「おれは、王さまにたいする忠義心の点では、だれにも負けないつもりだ。」
（中野好夫訳、二七九ページ）

ロビン・フッドはさらに続けて次のようにも言う。

「飢え死にするわけにもいかないから、王さまのしかを、すこしちょうだいしているが、それ以外に、王さまのものをぬすんだことはないのだ。おれたちの相手は、まずしい人たちをしいたげる貴族やぼうずなんだ。王さまのご使者なら、大歓迎だ。ゆっくりおれたちと、森の食事を楽しんでもらおう。」

同じ権力者でも、相手が州長官と国王では、ロビン・フッドの態度はこれほどまでも違うのである。これが義賊・アウトローとしてのロビン・フッドの考え方、ポリシーなのでである。

■『アイヴァンホー』におけるロビン・フッドの役割■

ロクスリー（＝ロビン・フッド）は『アイヴァンホー』の脇役として重要な役割を果たしている。彼の活躍が作品を一層華やかでエキサイティングなものにしていると言える。スコットはロビン・フッドを登場させることによって、物語をより興味深いものにすることに成功しているのである。

では、『アイヴァンホー』のどのような場面でロクスリーが登場するのか、具体的に見てみよう。

最初に登場するのは、物語前半のクライマックスであるアシュビーの御前試合である。ここで、ロクスリーは人間業とも思われない見事な弓術を見せる。百ヤードも離れた柳の枝を射るのである。その状況は次のように述べられている。

…また彼は弓をかまえたが、ただこんどは、じっと念入りに弓を調べてみたうえで、新しく弦を張りかえた。前二度の使用で多少すりへったと見え、丸味が欠けたように思えたからだった。さて張りおえると、こんどはやや入念に狙いをつけた。見物は固唾をのんで見まもっている。が、結果は、完全に腕のほどを証拠立てた――狙い定めた柳の枝を、矢は見事真二つに裂いていたからである。いっせいに起こる感嘆の叫び。いや、ジョン殿下さえが感嘆のあまり、一時は彼への憎しみも忘れたくらいだった。（第十三章）

次にロクスリーが登場するのは、黒騎士に扮したリチャード王がトルキルストン城を攻略する場面である。ロクスリーは弓隊を率い、大活躍する。黒騎士とロクスリーたちの奮闘で、城の攻略に成功し、アイヴァンホーたちは無事救出されるのである。それから、ロクスリーは仲間に戦利品を分配するのであるが、その状況は次のように描かれている。

さてロクスリーは、いよいよ獲物の分配にかかったが、そのまたやり方が実に感心するほど公平だった。まず全体の十分の一が、教会ないし神のための取り分。次には一部が共有の財産として取り分けられ、さらにまた一部が、これは死んだ仲間の寡婦や子供たちのため、また遺族のいないものにはミサ用の費用として、取りのけられた。いよいよあとが仲間うちの分配だったが、それもちゃんと身分、功労にしたがって整然と行なわれた。ときどき難しい問題が起こると、すべてそれはロクスリーの裁断で決められるわけだが、それも実にテキパキと決まりがつけられ、誰ひとり不平を言い出すものはなかった。こんな法外者の社会を営みながら、ちゃんとその間にこんなにも公正で見事な秩序が行なわれているというのには、少なからず黒騎士も驚いた。そしてそれらを見るにつけても、首領の公正な裁断に対する彼の尊敬は、いよいよ高まるばかりだった。(第三十二章)

戦利品を分配するロクスリーのこのやり方は、ロビン・フッド伝説を基にしたものであろうが、公正さを特徴とするものであることがよくわかる。「法外者」(アウトロー)であるロビン・フッドが、自らが支配する社会では公正さや秩序を重んじるという点が面白い。

次にロクスリーが登場するのは、彼らがリチャード王を救う場面である。この時点において、ロクスリーは自分たちが救った黒騎士がリチャード王であることをまだ知らなかった。助けが必要な時に吹くようにと言われていた角笛を、不意の襲撃を受けた黒騎士のために、お供の道化ウォンバが吹く。すると、直ぐにロクスリーたちが現れて、黒騎士たちを救うのである。

そのときだった、ウォンバの吹き鳴らす角笛の音が高高とひびいた。(中略)そのときだった、突然雁の羽根のついた矢が一本、敵の中でもっとも手強い相手を、たちまち地上に昏倒させたかと思うと、つづいて一団の郷士たちが、森の空地からさっと姿を現わした。先頭に立っているのはロクスリーと例の愉快な托鉢僧の隠者、みるみる混戦の中を切ってまわったかと思うと、まもなく敵を完全に片づけてしまった。(第四十章)

助けを求めてとっさに角笛を鳴らしたのがウォンバであることにも注意したい。黒騎士(=リチャード王)は、もし敵に襲われても、二十人や三十人、追い散らすのは簡単だ、というようなことを言っていたからである。リチャード王は、ロビン・フッドの助けをあてにしない誇り高い勇者として描かれているわけである。

それから、黒騎士が実はリチャード王であることに気が付いたロクスリーは、ひざまずいて、それまでの無礼の許しを乞うのである。

この後、ロクスリーは自分が「ロビン・フッド」であることを王に宣言するのである。それに対するリチャード王の反応は次のようなものであった。

「おお、かの法外者の王、快男児どもの君！　すでに遠くパレスチナまでも鳴りひびいたそちの高名、誰が存ぜぬものがあろうか？　安心いたせ、ロビン・フッドどの、余の留守中、しかもそのために生じたこの乱世にあっての行為を、そちにいまさら問うつもりはないわ」（第四十章）

リチャード王は救ってもらったお礼としてロクスリーたちがそれまで犯して来た罪を許してやる。そして、ロクスリーたちから酒と鹿肉を振舞われるのである。

トルキルストンの城攻めにロビン・フッドが参加してリチャード王の王位復帰のために活躍するというのは、スコットの創作であるが、ロビン・フッドがリチャード王に面会して罪を許されるというのは、ロビン・フッド伝説に基づいている話である。伝説ではロビン・フッドに危機から救われるという話は見られないが、リチャード王がシャーウッドの森にロビン・フッドを訪ねる場面があるのである。スコットは、この史実ならぬロビン・フッド伝説のエピソードをうまくアレンジして『アイヴァンホー』の中に採り入れていると言うことができる。

この初対面の場面を初めとして、リチャード王とロビン・フッドの関係は概して良好である。ノルマン人の王とサクソン人の英雄という組み合わせであるが、必ずしも敵対関係にはならないところが興味深い。むしろ、既に述べたように、ロビン・フッドは国王に対して極めて忠義なのである。しかも、ロビン・フッドは、リチャード王を助けて、王位を乗っ取ろうとするジョンを妨害するのである。必ずしも国民のために役に立ったとは言えない国王のために、である。「優先順位を取り違えた王のせいで、国内にもたらされた損傷を修復する、そのために戦う彼は愛国の士である」（バーチェフスキー、前掲書、三一三ページ）のだ。

要するに、スコットは『アイヴァンホー』において、ロビン・フッドとその仲間たちに単なる義賊・アウトローというシャーウッドの森だけに限定された活躍だけをさせるのではなく、「愛国の士」としての役割を与えて、イングランドという国家全体の利益のためになる仕事をさせているのである。この部分が伝説そのものにはないものであって、『アイヴァンホー』という作品の中でのロビン・フッドの役割に特別な要素を与えていると言うことができるのである。

スコットが『アイヴァンホー』にロビン・フッドたちを登場させたことには、どのような意味があるのであろうか。それはあくまで物語をより興味深いものにするためであって、当時の悪名高い「御猟林法（林野法）」を批判するためではなかったと考えるのが自然であろう。ユダヤ人に対する迫害の問題もそうであるが、スコットにはそういった政治問題や社会問題を深く批判的に採り上げるつもりはなかったようである。こういったスコットの姿勢について、上野美子は次のように述べている。

サクソンとノルマンの対立にくわえ、アイヴァンホーを慕うレベッカをユダヤ人にしたことなど、スコットは民族問題・政治問題を意識したに違いないが、それはあくまで小説を面白くするためのものであって、深入りはしなかった。たしかに、御猟林法を悪法だと糾弾する箇所が作品中にあるし、ロクスリーのようなアウトローが増加したのも、過酷なこの悪法のためだとされたりするけれども、リチャード一世がロクスリーに御猟林法の乱用を取り締まることを約す程度で終わっている。ロクスリー＝ロビンを主筋にせず、脇役にしたことじたい、ロビン伝説の内蔵する政治性を正面から追求しないことを暗示するようだ。（上野美子、前掲書、一四九ページ）

しかし、先に述べた「愛国の士」としてのロビン・フッドの役割を考える時、そこには従来の伝説にはなかった、スコットの独自のロビン・フッド像を見ることができるのである。

■サクソン・ノルマンの対立とロビン・フッド■

では、アングロ・サクソン人とノルマン人が対立しているという『アイヴァンホー』の基本軸の中で、ロビン・フッドはどのような位置にあり、どのような役割を果たしているのであろうか。

重要なことは、ロクスリー（＝ロビン・フッド）がサクソン人として設定されているということである。ロビン・フッドはその伝説でもサクソン人ということになっているが、『アイヴァンホー』ではまさにサクソン人を代表する人物として描かれているのである。バーチェフスキーは「愛国的サクソン人のシンボル」としてのロビン・フッドについて、次のように述べている。

英国におけるサクソン民族意識の初期の発達をわれわれに眺めさせてくれる最良のテキストは、やはり、サー・ウォルター・スコットの『アイヴァンホー』(一八二〇年)であろう。この作品は、征服王ウィリアムが英国の海岸に上陸してから一〇〇年の後にもまだ続いていたノルマン人とサクソン人の争いに焦点をあてている。(中略)ここでロビン・フッドは重要な意味をもってくる。彼はノルマンの圧制に抵抗する愛国的サクソン人のシンボルとしてこの闘争に参加、作品の中で一つの中心的な役割を果たすからである。(バーチェフスキー、前掲書、一六四ページ)

ノルマン人の国王が作った「王領林」とそれを独占的に保護する「御猟林法」は権力の象徴であり、その法律を犯してアウトローとなった伝説の英雄ロビン・フッドは、スコットにとって、反ノルマンを代表する人物としては、まさに格好の存在だったのである。

しかし、物語の結末でのロビン・フッドの消息はどのようなものであろうか。黒騎士（＝リチャード王）と共にトルキルストン城でノルマン人を代表するボア＝ギルベールやフロン＝ド＝ブーフらを破って、アイヴァンホーたちを救出するのに成功し、リチャード王と勝利を祝った後のロビン・フッドは何となく生彩に欠ける。それもそのはずで、スコットはその後のリチャード王とロビン・フッドの運命を淡々と書き綴っているだけなのである（第四十一章）。それまでのロクスリーの躍如たる活躍からすると、その最期についての描写は、余りにもそっけない。スコットはなぜロビン・フッドの最後の場面をそのようなものにしたのであろうか。

その理由としては二つが考えられる。

一つ目の理由は、サクソンとノルマンの対立に決着を付け、両民族の融合を示すためという理由である。サクソン人とノルマン人が対立し続けることは、国家としてのイングランドの利益には決してならない。また、それは歴史的な事実にもそぐわない。両者は時と共に協調し、融合して行かなければならないのである。もちろん、その融合が行われたからこそ、今日のイギリスという国家が存在するのであろう。アングロ・サクソンとノルマンという対立構造自体は物語の背景として面白いものであるが、いつまでもその状態を続けるべきではないし、またその状態が続いたわけでもないのである。そこで、スコットはサクソンの代表としてロクスリーを「登場」させ、伝説とは多少異なるストーリーを展開させ、最後にロビン・フッドとして「退場」させたのであろう。

バーチェフスキーは、サクソンとノルマンの同化に関するスコットの考え方について、次のように指摘している。

…サー・ウォルター・スコットその人にしても、ノルマン・コンクェストによって社会・文化的な改良が英国にもたらされたことを『アイヴァンホー』の中で認めているし、サクソン人には無知で洗練さに欠けるところがあることを批判してもいる。そして、この国の未来にとっては、両民族の同化こそがもっとも望ましいと主張している。アイヴァンホーとロウィーナ姫の結婚という最後の場面では、ノルマン人、サクソン人の両方が参列するが、これは、「両民族間の将来の平和への誓いである。かの時期以降、両民族は完全に混合をとげていて、もはや差異はまったく見当たらなくなっているからである」と描写されている。（バーチェフスキー、前

掲書、一七二ページ）

二つ目の理由は、主人公アイヴァンホーとのバランスを保つためという理由である。『アイヴァンホー』の主人公はあくまでアイヴァンホーであって、ロビン・フッドではない。ところが、ロビン・フッドが余りにも活躍し過ぎてしまうと、主人公アイヴァンホーの「お株を奪ってしまう」ということにもなりかねない。つまり、アイヴァンホーの影が薄くなってしまうのである。ロビン・フッドはアーサー王と並ぶ国民的英雄の両横綱である。ただでさえ、その存在の大きさは並み外れたものがあるのに、「活躍し過ぎる」とスコットもアイヴァンホーも困るわけである。

その辺はスコットも悩んだであろうし、ロビン・フッドを導入するに当たってはいろいろ考えたに違いない。物語をより興味深いものにしようとするのがスコットの目的だったわけであるから、主人公以上に目立ってしまってはいけないわけである。結局、サクソン人のノルタルジアとロビン・フッド伝説を一体化させることによって、ロビン・フッドをうまく退場させたわけである。また、ロビン・フッドをロクスリーと名乗らせ、最後に至って初めてロビン・フッドであることを明かさせる、という設定も、あくまで脇役としてのロビン・フッドを強調するための趣向であるようにも思われる。

■ロビン・フッドの仲間たち■

『アイヴァンホー』に登場するのは、ロクスリーことロビン・フッドだけではない。仲間のフライアー・タック（タック坊主）も登場する。彼はコプマンハースト（コマナースト）の怪僧で、ものすごい腕力の持ち主である。その性格はひょうきんで、酒を飲んだ時に特にそのひょうきん振りを発揮する。ロクスリーたちがリチャード王を酒や鹿肉でもてなした時も、陽気に歌をうたう。こういった彼の仲間たちが『アイヴァンホー』の世界をより華やかで楽しいものにしていることは、間違いない。

『アイヴァンホー』には登場しないが、ロビン・フッド伝説に決まって登場する人物たちがいる。その何人かを紹介しておこう。

○リトル・ジョン（Little John）

ロビンの仲間で、その片腕。大男で力持ちである。最初ロビンと戦い、引けを取らなかったことから、腕を見込まれ、仲間入りする。

伝説によれば、もともとリトル村のジョンということで「ジョン・リトル」という名前であったが、巨体であったため冗談半分に「リトル・ジョン」と呼ばれるようになったのである。ロビン・フッドの仲間としては、フライアー・タックと共に最も有名な人物の一人である。ロビン・フッドの最期を看取ったのも彼であり、生涯ロビン・フッドの最も親しい相棒であった。

○マリアン（Marian）
メイド・マリアン。ロビン・フッドの恋人。二人の結婚にまつわるエピソードもある。

○マッチ（Much）
ロビン・フッドの仲間。粉引きの息子。最初、州長官のコックをしていた。

○ウィル・スカーレット（Will Scarlet）
ロビン・フッドの仲間。赤毛の男。別名スカーロック。

○アラン・ア・デイル（Allan-a-Dale）
ロビンの仲間。近代になって登場。美青年で歌がうまい。

第4章

『アイヴァンホー』の歴史的背景

■サクソン人とノルマン人の対立■

前章でも触れたように、『アイヴァンホー』ではサクソン人とノルマン人の対立が大きな軸になっている。アイヴァンホー自身、西サクソン族の王家の末裔ということになっているし、前半におけるクライマックスの馬上槍試合（ジャウスティング＝jousting）は、模擬戦争とは言うものの、サクソン人対ノルマン人の全面的な戦いの場面である。この両者の対立が『アイヴァンホー』の歴史的背景としては基本的なものであると言える。『アイヴァンホー』の登場人物たちをサクソン人とノルマン人とそれ以外の人々に分けると、次のようになる。

【サクソン人】
アイヴァンホー、セドリック、ロウィーナ、アセルスタン、ロクスリーとその仲間、ガース、ウォンバなど

【ノルマン人】

リチャード王、王弟ジョン、ボワ＝ギルベール、フロン＝ド＝ブーフ、ド・ブレイシーなど

【ユダヤ人】

アイザック、レベッカ

【その他】

サラセン人など

スコットは、十二世紀のイングランドに二つの民族の対立が存在していたことに、強く興味を引かれた。それが、一連のスコットランド小説からこの時代へと舞台を転じる際の大きな動機になったのである。スコットは『アイヴァンホー』の序文の中で、作品の時代背景と、サクソン人とノルマン人の対立について、次のように書いている。

物語の時代として用いたのはリチャード一世の治世であった。この時代には、名

前だけでも一般の注意をひく人物が多かったばかりでなく、土を耕やすサクソン人と、まだ征服者のつもりで土着の民と交わりたがらないノルマン人との、いちじるしい対照が見られるのである。(『アイヴァンホー』「解説」、大和資雄訳)

さらに少し後で、次のようにも書いている。

同じ国に二つの民族が存在し、被征服民族は質素で、朴訥で、鈍重で、古い制度、法規によって鼓吹された自由の精神を特徴とし、勝利者たる民族は武勇で、冒険を好み、騎士道の華として特色がある、こうした状態は、同じ時代、同じ国に属する他の特徴と交じりあって、作者の方でしくじらなければ、その対照によって読者の興味をひくことができよう。(同)

この説明によって、スコットがサクソン人とノルマン人という二つの民族の存在とその「対照」に非常に興味を引かれたということがよくわかる。また、その「対照」を思いついたきっかけがジョン・ローガンという劇作家の悲劇『ランナミード』であることも、隠さずに述べている。スコットはこの劇を見て、その中でサクソン貴族とノルマン貴族が相対して並んでいる場面から、創作のヒントを得たというのである。因みに「ランナミード」というのは、ジョン王が有名な大憲章（マグナカルタ）に署名した場所である。

ところで、「中世」という時代は、ずっと昔から、暗くて野蛮な時代であると考えられて来たし、また一般的には現在でもそのようなイメージが強いように思われる。しかし、近年になって、中世、特に十二世紀のヨーロッパが激動に満ちた革新的な時代であったとして、注目され始めたという。

このことは、イギリスにも当てはまるであろう。それは何よりも『アイヴァンホー』を見れば、直ぐに納得が行くことである。まさに十二世紀のイングランドは、激動に満ちた波乱の時代にあったのであり、とかく沈滞した暗黒の時代というイメージのある中世の中にあって、言わば特別の世紀だったことがわかるのである。

スコットが『アイヴァンホー』の時代背景として十二世紀のイングランドを選んだのは、これまで述べて来たように、二つの民族の対立あるいは対照ということによるわけであるが、後世になって十二世紀のヨーロッパが注目されて来ているという事実を見ると、スコットの先見の明に感心させられるのである。

ここで、ノルマン人やアングロ・サクソン人の民族的な背景について、少し詳しく見ることにしよう。

ノルマン人はもともとノルウェー方面のバイキングであったが、フランス北部に移住して、フランス語を使うようになった。その後彼らはイングランドに侵攻し、征服した。一〇六六年、ノルマンディー公ウィリアム（ウィリアム一世、征服王）がイギリス軍のハロルドをヘイスティングズの戦いで破り、ロンドンでイギリス国王としての戴冠式をあげたのである。これがいわゆる「ノルマン人の英国征服」（Norman Conquest）である。

その後、ノルマン人は支配階級としてイングランドを統治する。もともといたアングロ・サクソン人たちは被支配階級となった。ここにノルマン人とアングロ・サクソン人の対立の構図ができ上がったのである。因みに、リチャード一世（獅子心王）は、ウィリアム一世の曽孫にあたる。つまり、れっきとしたノルマン人である。

『アイヴァンホー』の冒頭で物語の主な場面についての説明をした後、スコットは作品の時代背景の説明に移るが、その中でこのノルマン人とアングロ・サクソン人の対立について、次のように丁寧に説明している。

貴族の横暴がいよいよ高まり、下の諸階層がますます苦しむというこの事態については、その原因は遠くノルマンディ公ウィリアムのイギリス征服にあったといってよい。その後すでに四世代もたっていたのであるが、それでもまだノルマン人とアングロ・サクソン人との反目感情は消えず、共通の一つ言語、相互的な利害ということによって、相敵視するこの二つの民族を融和させるまでには至っていなかった。つまり、一方は依然として勝利の優越感をもっていたし、他方はまたあらゆる敗北の苦痛の中で呻吟していた。ヘイスティングズの戦の結果として、あらゆる権力はノルマン貴族の手に握られており、しかも、歴史がはっきり示しているように、それらはなんの容赦もなく行使されていたのである。（第一章）

この後もさらに説明は続くのであるが、いずれにしてもノルマン人とアングロ・サクソン人の対立をスコットは強調しようとしているのである。両者の対立が『アイヴァンホー』の基本的な時代背景の軸を成していると言ってよい。

■アングロ・サクソン人以前の先住民■

これまで述べて来たことで、『アイヴァンホー』の歴史的背景として、ノルマン人とアングロ・サクソン人の対立や、ノルマン人による侵略・征服の後のアングロ・サクソン人の抵抗などが基本になっていることがわかった。

では、そもそもアングロ・サクソン人とはどんな民族だったのであろうか。彼らはもともとブリテン島に住んでいたわけではなく、現在のドイツ北西部に定住していたゲルマン民族であった。アングロ・サクソンとは、アングル人とサクソン人を合わせたものである。アングル人は北ドイツのアンゲルン地方の出身である。アンゲルン地方は釣り針（アングル）の形をしていたことから、その名前が付いた。一方、サクソン人は同じく北ドイツのエルベ川下流地域、ザクセン地方の出身である。その名前の由来は「サックス（石刀）」であるとされている。彼らはジュート族も含めてアングロ・サクソンと総称されるようになり、イギリスに移り住むようになったのである。つまり、彼らは元をたどれば、ドイツから来たドイツ人だったということになる。

渡部昇一は『アングロサクソンと日本人』の中で、次のように述べている。

そこで、イギリス人といっても、ほぼ千五百年前はドイツ人であったという認識が必要である。また今から約三百五、六十年前頃からイギリス人はアメリカに移民して、今のアメリカをつくるわけであるが、今のイギリスとアメリカのような関係が、千五百年前あたりから千年前頃までずっと、ドイツとイギリスの間にあった、ということをまず第一に頭に置かなければならない。この前の戦争もアングロサクソン人とゲルマン人の戦いといわれたりもしたが、本当はそれは非常に不正確な言い方である。どちらも先祖を正せばドイツ人、しかもなんとなく似ているのではあるまいか、ではなくて、移民した場所も移民した年も正確にわかっている関係である。（一四一―一五ページ）

ここで、アングロ・サクソン人のアイデンティティを確認するために、さらにイギリスの歴史を振り返ってみよう。

まず、紀元前数千年の頃、巨石文化を持った先住民がいたことがわかっている。その後、紀元前六～五世紀頃、現在のドイツからケルト族がやって来た。最初に来たのはゲール人であったが、紀元前九百年頃、彼らは後から来た同じケルト族のブリトン人によって、イングランド北部や西部、あるいはアイルランドに追いやられてしまう。ゲール人は現在もアイルランドやスコットランド北部に住んでいる。なお、ブリテン島という名前は、ブリトン人に由来している。

紀元後四三年、ブリテン島はローマ帝国の支配下に置かれる。ローマ人はしばらくブリテン島を占領していたが、四一〇年に撤退した。そこへゲルマン族がやって来て、ブリトン人はウェールズやコーンウォールに追いやられてしまう。このゲルマン族の主力がアングル人とサクソン人だったのである。

もともと「ドイツ人」であったアングロ・サクソン人（及びジュート人、スカンディナヴィア人）は、ブリテン島がローマ帝国の支配下にあった三世紀頃からブリテン島を侵略するようになっていた。もともとの先住民であったケルト人は、ローマ人によってブリトン人と呼ばれていたが、次第に勢力を弱めてしまう。その後、ローマ帝国の衰退と共に、約二百五十年をかけてアングロ・サクソン人はブリテン島を征服し、七つの王国を建設したのである。

その七つの王国（Heptarchy）とは、イーストアングリア、マーシア、ノーサンブリア、エセックス、サセックス、ウェセックス、ケントである。これらのうち、最後に「セックス」が付くのは、「サクソン人の土地」の意味である。つまり、エセックスは「東のサクソン（＝East Saxons）」、サセックスは「南のサクソン（＝South Saxons）」、そしてウェセックスは「西のサクソン（＝West Saxons）」の意味である。因みに、現在のイングランド（England）という名前は「アングルランド（Angleland＝アングル人の土地）」が基になっている。

そして、九世紀前半、七つの王国のうちで最も勢力が強かったウェセックス王国のエグベルト王（七七五？―八三九）がイングランドを統一するに至る。それに伴って、ブリトン人は、イングランド南西部や北西部、あるいはウェールズへと追われてしまうのである。つまり、先住民のブリトン人にとって、当時のアングロ・サクソン人は恐ろしい侵略者に他ならなかったのである。国民的英雄アーサー王（King Arthur）は、五世紀末、サクソン人の侵略に勇敢に立ち向かったブリトン人の王と言われている。これがいわゆるアーサー王伝説である。

それから時代は移り、かつての侵略者・征服者アングロ・サクソン人が、今度は新たな侵略者ノルマン人に脅かされることになる。ノルマン人はスカンディナヴィア、デンマーク出身のゲルマン民族で、「北方人」（Northman）の意味である。デーン人と呼ばれることもある。あるいは有名なヴァイキングとは、このノルマン人に他ならない。よく知られているように、ヴァイキングは「海賊」で、ヨーロッパ各地を荒らし回り、略奪行為を行っていた。

一方、彼らの良い面に注目すると、冒険心に富んだ民族で世界各地を探検したということが挙げられるであろう。アメリカ大陸を最初に発見したのは、コロンブスでもアメリゴ・ベスプッチでもない、実は彼らヴァイキングなのだとする調査結果もある。

いずれにしても、ノルマン人の王、ノルマンディー公ウィリアム（後のウィリアム一世）が、一〇六六年のヘイスティングズの戦いでアングロ・サクソン人を破り、イングランドを支配するに至るのである。

■支配・被支配の立場の移り変わり■

こうしてイギリスの最初の頃の歴史を振り返ってみると、興味深いことに気が付く。つまり、少なくとも紀元後千数百年頃までのイギリスの歴史は、さまざまな民族支配の交代の歴史であり、常に支配者と被支配者が入れ替わって来ているということである。それは同じ民族の中の出来事ではない。新しい支配者というのはほとんど異民族であり、それが今までの支配者に取って代わるという歴史を繰り返している、ということなのである。

そして、もう一つ注目すべき点は、新しい侵略者・支配者は、主に現在のドイツ、デンマーク、スカンディナヴィアといった北方からやって来ているということである。なぜ、ブリテン島は古くから北方民族の侵略の対象になっていたのであろうか。『コンプトン英国史・英文学史』にわかりやすい説明が載っている。

彼らには、この島は侵略しやすいカモでした。南部・西部では、遠浅の海岸が突き出ているし、その海岸へは、なだらかに起伏する平野を、航行可能な河が幾本もゆるやかに流れ注いでいます。年中絶えず緑に蔽われた土地があるなんて、驚きでした。このイギリス諸島がこんなにも北方に位置しながら、気候がこんなにも温暖なのは、暖かなメキシコ湾流（Gulf Stream）のおかげなのですが、そうと判明したのはずっと幾世紀も後のことでした。（七ページ）

こうして、異民族にとって非常に魅力的なブリテン島を舞台に歴史が刻まれて来たわけである。

そうした中で、我々は歴史による立場の逆転を見ることができる。つまり、ノルマン人とアングロ・サクソン人という関係だけを見る時、我々は征服され被支配民族となったアングロ・サクソン人に対して同情心を抱きがちであるが、アングロ・サクソン人とブリトン人という関係を見る時には、かつてはアングロ・サクソン人がノルマン人と同じ立場にあったのである。さらにブリトン人もかつては侵略者・征服者だったのである。

アーサー王伝説では、アングロ・サクソン人は恐ろしい侵略者であり、主人公にとって不倶戴天の敵である。しかし、『アイヴァンホー』では主人公がサクソン人であり、登場するサクソン人はそのまま弱い立場の同情すべき人たちとなる。敵は新たな支配者ノルマン人なのである。つまり、立場が全く逆になっているのである。

こうして歴史の大きな流れを展望する時、新たな視点が得られる。歴史の一ページだけを見ているのでは、歴史の大きな流れはわからない。ノルマン人とアングロ・サクソン人の対立は、長いイギリスの歴史の中では、ほんの一断片に過ぎない。歴史を理解するには、壮大な歴史のモザイク全体を見る必要があるのである。

■十字軍■

リチャード王とアイヴァンホーが参加したのは第三回の十字軍であった。国王が十字軍遠征に赴くとなれば、是非もなく随行するのが家臣の務めであろう。アイヴァンホーは王の愛顧を受け、かつ王に忠誠を誓っていたので、その強力な片腕となって働いたのである。

そもそも十字軍とは何か。『広辞苑』では、次のように定義されている。

①（Crusades）（従軍者が十字架の記章を帯びたからいう）西欧諸国のキリスト教徒が回教徒を討伐するために、一一世紀末（一〇九六年）から一三世紀後半に至るまで七回にわたって行なった遠征。その目的は聖地パレスチナ、殊にイエスの墓のあるエルサレムの回復にあったが、第三回（一一八九～九二年）以後は宗教目的よりも現実的利害関係によって動いた。結局その目的は達し得なかったが、東方との交通・貿易が発達し、自由都市の発生を促進し、また、東方におけるビザンチン文化・回教文化が西欧人の見聞に触れ、近世文明の発達を促した。なお

広義には、一般に中世のカトリック教会が異端の徒や異教徒に対して行なった遠征を指す。

②転じて、ある理想または信念に基づく集団的な戦闘行動。

要するに、十字軍は、少なくとも最初の頃は、まさに宗教的な使命を帯びた軍事行動であったということである。彼らにとってその目的は崇高なものであったが、その背景には遠征によるヨーロッパ各国民の負担や犠牲があった。戦争に犠牲は付きものであるとは言え、その規模は想像を越えて広範かつ甚大なものだったのである。

『アイヴァンホー』との関連で十字軍について見る時、そこで重要な点は二つあると考えられる。一つ目は、十字軍遠征が間接的に作品に与えている騎士道のイメージであり、二つ目はリチャード王の十字軍遠征による国内へのさまざまな影響である。

まず一つ目の点であるが、『アイヴァンホー』の背景になっているのが十字軍遠征の行われた時代であるので、作品のイメージにはどうしても騎士道が付きまとう。なぜなら、十字軍と騎士道は切り離せない関係にあるからである。従って、『アイヴァンホー』という作品も、騎士道と密接な関係があることになる。もちろん、アイヴァンホーが最初から騎士として設定されていることも、そういったイメージに大きく貢献しているが、やはりリチャード王の十字軍遠征という歴史的事実が作品の背景として存在するからこそ、騎士道というもののイメージが作品に色濃く反映しているのであろう。

次に二つ目の点であるが、リチャード王が十字軍遠征から戻って来た時点が、物語の始まりになっている。リチャードが十字軍遠征に出かけている間に国内情勢は大きく変化していた。つまり、ジョンが自分勝手な振る舞いをしていて、国内は混乱状態にあったのである。そこにどうしても十字軍に対するマイナスのイメージが生じて来る。十字軍の掲げる理想は高邁であるが、現実は過酷な状況をもたらすものに他ならなかったからである。

これら二つの点を併せて考える時、騎士道や十字軍にまつわる理想と現実のギャップという問題が自ずと浮かび上がって来ることに気付く。『アイヴァンホー』の作品の世界には、騎士道や十字軍に関わる理想と現実の間で揺れ動きながら行動せざるを得ない多くの登場人物たちがいるのである。

■リチャード獅子心王は「理想の王」？■

前に挙げた十字軍の定義の中にもあるように、リチャード王による十字軍遠征は、必ずしも純粋な宗教目的とは言えない面があった。それはむしろ「現実的利害関係」によるものだったのである。こういったところにも、歴史上の事実と物語との間のギャップが見え隠れする。

アイヴァンホーが正義の騎士であるならば、その主人リチャード王も当然「正義の味方」であるはずだ、という先入観が、我々の中にある。実際、映画や小説でも、そのように描かれているのである。我々は「理想の騎士」アイヴァンホーが仕えるのは、「理想の王」であるという思い込みを最初から持っていないであろうか。歴史上の人物が一〇〇パーセント正確に後世に伝えられることはあり得ないことであるが、正しく伝わっていないことも、よくあるケースである。

悪いとされていた人物が、よく調べてみると、それほど悪くはなく、むしろ大きな功績を残していたり、反対に立派な人物とされて来たのが、意外に悪い面が多かったり、というのは、よくあることである。リチャード一世の場合は、この後者の方に該当するのかもしれない。

■リチャード王の真実■

そこで、リチャード獅子心王について、史実はどのようになっているのか、よく見てみよう。

リチャード一世はプランタジネット王家の二代目の国王である。初代はヘンリー二世であった。「プランタジネット」とは植物の「えにしだ」のことで、同王家はえにしだを紋章にしていた。プランタジネット家はフランスにも広大な領地を持っていたので、国王がイングランドにいないことも多かった。

森護氏の『英国王室史事典』（大修館、一九九四年）は、リチャード王について次のように記している。少し長くなるが、『アイヴァンホー』と密接な関係があるので、引用しておこう。

「リチャード一世」

プランタジネット王家の二代目の国王。

ヘンリー二世と王妃エリナー・オブ・アキテーヌの三男として生まれ、兄の早世で王位を継いだ。生来気性が荒く、ために獅子心王 The Lion Hearted の名で呼ばれることになったが、父王との諍いから戦火を交えたり、十字軍遠征でサラセン人を虐殺したことなどにそれが現れている。十字軍遠征に参加することに異常なほど関心を持ち、即位するや内政を放置したまま遠征への軍資金集めに狂奔し、即位後三か月の十二月十一日、イエルサレム遠征に旅立った。二年にわたる遠征は成果を挙げるまでに至らず、弟ジョン（後のジョン王）の王権襲断の知らせで急遽帰国することになったが、途中オーストリア公に捕えられ、神聖ローマ皇帝ハインリッヒ六世に引き渡されて、身代金を払ってロンドンに帰着したのは一一九四年の三月であった。

遠征参加当時から犬猿の仲のフランス王フィリップ二世とは、フランスの領土問題でさらに関係が悪化し、翌一一九五年ノルマンディーで戦火を交えることになり、フィリップからアキテーヌ公領の取り返しに成功するが、その後リモージュに近いシャリュ Chalus の城を攻撃中に受けた矢の傷から壊疽（えそ）になって他界した。

リチャード一世在位の前半は十字軍遠征で、また後半はフランス王との戦いで、ほとんどイングランドを留守にし、内政に見るべき治績をほとんど残さなかった。しかし同王はイングランド王最初の紋章使用者としての名を残した。（後略）

これで明らかなように、リチャード一世は「理想の国王」には程遠かったようである。勇敢で中世の騎士の典型とされることが多いが、十字軍遠征ではある程度の戦果を収めたものの、実際には、その性質、政策、行動、あらゆる点でイングランド国民のためにはならなかった国王であったことがわかるのである。

特に十字軍遠征に際しては、その資金を調達するために、王室領や教会領を売り払っている。さらに司教職などの官職までも売ってしまっているのである。こうしたことが国の財政状況を悪化させ、国家を疲弊させたことは言うまでもない。「リチャードはイングランドをほとんど顧みることなく、イングランド王国は彼の絶えざる戦争をまかなう唯一の財源にすぎなかった。買い手が見つかればロンドンだって売るぞとリチャード王は公言した」（『西洋騎士道事典』、「リチャード一世」の項目）のである。

確かに戦場でのリチャード王は非常に勇敢で指揮者としても優れていた。リチャードの名前を聞いただけで、相手方は恐れおののいたという。サラセン人の子供が泣き叫ぶと、母親は「静かにしないと、リチャード王が来るよ」と言って子供たちを黙らせたとか、馬が木や茂みに驚くと、乗り手は「リチャード王かと思ったのかい」と馬に話し掛けた、といったエピソードが伝えられている（『西洋騎士道事典』）。

しかし、十字軍遠征の成果はどうであったかと言えば、驚くほどの戦果を収めたわけではない。キプロス島を占領したり、相手方の総領サラディンを破るなどしたものの、内輪もめなどもあって、相手方のサラディンと五年間の休戦協定を結び、帰国の途に着くのである。挙句は難破して徒歩で帰る途中に捕えられ、城に幽閉されて、身代金まで要求されてしまうのである。その額は十万ポンドと言われ、当時の英国王室の収入の二年分以上にも相当した。しかも、それを国の貴族に調達させ、辛うじて釈放されている。

それだけではない。歴史的事実は『アイヴァンホー』のハッピーエンドとはかけ離れたリチャード王のその後の行動を示している。つまり、帰国のわずか二か月後にはフランスに行き、フランス王と領土争いをし、その戦いの最中に流れ矢に当たって死んでしまうのである。

結局、リチャード王がイングランドに滞在したのは、約十年の国王在位中、わずか半年に過ぎない。とにかく戦争好きな、ある意味でどうしようもない国王像が浮かび上がって来るのである。こういった状況が弟ジョンによる王位簒奪のもくろみにつながったと考えることもできなくはないかもしれない。

スコット自身、『アイヴァンホー』の中で、リチャード王について、何の幻想も持たず、冷静な筆致で、次のように記している。

したがって、彼においては、その施政に見られる賢明な政策というよりも、むしろ彼個人の武勲によってえられる栄光のほうが、はるかに強く彼の想像を刺激したものだった。そんなわけで、彼の治世は、あの大空をパッと光っては消える流星にも似て、用もない凶兆のような光はしばしば発したが、それもあっというまにたちまち大きな闇の中に呑まれてしまった。彼の勲（いさおし）は、詩人や吟遊楽人たちにこそ数々のテーマを提供したが、さて青史にものこり、後世への鑑にもなるような、実質的治績ということになると、ほとんどなんにもなかった。（第四十一章）

■歴史の皮肉■

リチャード一世は十字軍遠征の途中、一一九一年にキプロスでナバール王の娘と結婚したが、二人の間には世継ぎが生まれず、王位は弟ジョンに受け継がれることになったのである。ここに言わば歴史の皮肉がある。十字軍遠征中に王位を奪おうと企てたジョンに対して、それは許すまじと何とか帰国し、王位を守ったリチャードではあったが、その直後、フランスでの不慮の死によって、結局ジョンに王位を渡すことになるのである。

これは歴史の皮肉であると同時に、『アイヴァンホー』の物語の皮肉でもある。ハッピーエンドで終わったはずの『アイヴァンホー』のその直後に、長い間忠実に仕えて来た主君リチャード王が死んでしまうと共に、主君の「敵」ジョンが王位についてしまうという「悲劇」。アイヴァンホーにとっては、如何ともしがたい結末である。ハッピーエンドの後、アイヴァンホーとロウィーナがリチャード王に仕えたのは、わずか二ヶ月で、その後はジョンの天下になるのだ。アイヴァンホーの運命やいかに?ということになる。

しかし、幸いにも物語はリチャード王の帰国とアイヴァンホーの結婚で終わっている。いや、そこで終わらせざるを得なかったのである。そこで物語が結末を迎えることによって、『アイヴァンホー』は、めでたしめでたしで終わる。と言うよりは、永遠に続くのである。ここに、歴史とは違う『アイヴァンホー』の独自の世界があると言うべきであろう。

■「まことらしさ」の演出■

『アイヴァンホー』の歴史的背景に関連して、最後に一つ付け加えると、必ずしも史実ではない事柄を、史実らしく見せかけようとする工夫が、『アイヴァンホー』のいたるところに見受けられる。その一例が「ウォーダー稿本」(Wardour Manuscripts)である。「ウォーダー稿本」とは、スコットが考え出した架空の古文書の名前である。サー・アーサー・ウォーダーという人物が所蔵していた古い稿本(manuscript)という設定になっている。スコットはこのウォーダー稿本について、『アイヴァンホー』の「献呈の辞」で次のように書いている。

史料については言うべきことはほとんどありません。それらは主として、一風変わったアングロ・サクソン稿本の中から見つかったものですが、その稿本は、アーサー・ウォーダー卿が樫製の机の三番目の引出しに注意深く保存しており、めったに人にはさわらせず、また彼自身、その内容のただの一語も解読できないものなのです。

いかにももっともらしい説明である。しかし、ウォーダーという人物も、ウォーダー稿本も実在しないのである。スコットはこの「史料」にかこつけて、「もっともらしさ」を演出することがある。例を挙げてみよう。

わがサクソン史のある権威者は、これら騎士たちの紋章、旌旗、馬具の刺繍などについて、実にくわしくウォーダー稿本に書きのこしているが（後略）（第八章）

…もともとこの物語の各場面は、すべていわば外史的史料ともいうべきウォーダー稿本にもとづいて書いたものであり、またこれからもそうするつもりだが、それら描写の信憑性について、もはやこれ以上の裏書証拠を出してくる必要はあるまい

と思う。（第二十三章）

このように、「まことらしさ」を演出して読者に信じさせるというのは、ロマンスの一つのテクニックであるが、ここでは架空の史料であるウォーダー稿本を利用して、史実であることを強調しようとする工夫であると言うことができる。しかし、「まことらしさ」はあくまで「まことらしさ」であって、「まこと」つまり真実ではない。そして、読者の方でも、それがわかっている。つまり、作家と読者の双方が、そこで述べられていることが、「まこと」ではないということを了解した上に、この「まことらしさ」は成立しているのである。

第5章

『アイヴァンホー』と騎士道

■騎士道と騎士道精神■

アイヴァンホーはまさに「騎士の権化」とも言うべき人物である。騎士道精神を地で行っている理想の騎士である。『アイヴァンホー』はその主人公が騎士であることから、騎士道物語と呼ばれることもある。

ここで、騎士道（chivalry）そして騎士道精神というものについて見ておくことにしたい。

もともと騎士とは、馬に乗って戦う戦士のことであったが、次第に中世における一つの「階級」を表すようになって行った。その活躍は華々しく、真にすばらしいものがあった。まさに歴史に名を残した「階級」であったと言える。クランシャンは書いている。「全人類の誇りとして、歴史が絵入りの大著に記し残す大立物——騎士とはまさにその一人なのである。」（『騎士道』、一〇二ページ）

そして、騎士道とは、基本的に騎士が守らなければならない行動規範である。しかし、それは単に行動面ばかりではなく、多分に精神面にも重点が置かれたものでもあった。この行動規範を忠実かつ厳格に守る騎士が騎士の模範であり「理想の騎士」なのである。

では、具体的にはどのようなことが騎士道の条件なのであろうか。その基本条件を列挙してみよう。騎士道の戒律は時代と共にその数を増して行ったが、「騎士道十戒」と呼ばれる十か条の条件や、八か条にまとめたものなど、その時代や人物によって条件が微妙に異なっている場合もある。それらを総合して、ここでは次の六つにまとめてみる。

一．自分の生命を信仰に捧げること。

これは騎士道がキリスト教と密接に結び付いていたことを示している。騎士道の根本理念に基づく条件である。

二．勇敢かつ立派に戦うこと。

これも何と言っても騎士の重要条件であろう。騎士の前提条件を成すと言ってもよい。それは自らの名誉のためでもある。また、敵の背後から攻撃したり、卑怯な手を使わないということでもある。

三．誠実であること。

自らの主君や仲間、あるいは愛を誓った女性を裏切ったりしないことである。特に二君に仕えないことが重要であった。

四．相手（敵など）に対する寛容さ。

負傷した敵を徹底的にやっつけないということなどがある。裏切った者や罪を犯したものを敢えて許すことなども含まれる。

五．礼儀正しさ。

儀式や作法を重んじる姿勢を指す。高貴な女性に礼儀正しく振る舞うといったことも含まれる。

六．弱い者を守ること。

女性や子供や老人など弱者を守ったり助けたりすることである。女性に優しくすることと、例えば「レディ・ファースト」なども、この条件から派生する。

こういったことが一般的に挙げられる条件であると言える。勇敢に戦うのは、騎士であり、また人間の闘争本能の面から言っても、やむを得ないことである。しかし、ただむやみに戦えばよいということではない。これらの騎士の条件は、戦士としての騎士の行動に枠組みと歯止めをかけるためのものであり、さらに進んで、立派な振る舞いをする者として、尊敬を受けるべく、考え出された規則と言えるであろう。

騎士という名の戦士たちに対してもともと守らせなければならない規則を作る必要は最初からあったわけであるが、その規則をキリスト教精神と結び付け、言わば普遍性・絶対性を与えることによって、道徳規範としての「戒律」のレベルにまで高めたのが騎士道であったと考えることができる。仮にそういった騎士道という名の「道徳律」がなかったとしたら、基本的に好戦的な戦闘集団である騎士たちは、戦士の本能を剥き出しにして、極めて無秩序な状態に陥ってしまったに違いないのである。この騎士道精神が後世になってジェントルマン（紳士）のマナーにつながって行ったと考えることもできる。

また、クランシャンは、騎士道が現代のスポーツやボーイスカウトなどにも受け継がれているとしている。つまり、スポーツのフェアプレイ精神やアマチュア精神、そしてボーイスカウト運動の友愛精神や献身、勇気、誠実さなどは、騎士道精神がその源流にあると言うのである（クランシャン『騎士道』）。

とにかく、これらの条件をすべて満たした時に騎士は立派な騎士たり得るのであり、一つでも条件に反すると、騎士道から外れてしまうということになる。その内容は、かなり精神面に重点が置かれているものであると言えよう。だからこそ騎士にとっては、かなり厳しいものになったのである。もっとも、常にそれらの条件が守られるということは、実際には不可能に近く、戒律が破られるのは日常茶飯事であったとも言われる。

さて、ここに挙げられている条件は、いずれも「義務」のように思われるが、一方、騎士にも当然「権利」もあったはずである。もう少し具体的に騎士の権利と義務について見てみよう。新倉俊一は、この点について次のように述べている。

ところが、権利といいましてもこれは精神的なものにすぎなかった。つまり、騎士になったからといって、そのため金をたくさんもらうとか、土地をたくさんもらうなどということは、それ自体ありえなかったことなので、いわば非常な名誉、エリートとしての意識を身につける程度です。（中略）一方、義務はどうかといいますと、これまた精神的なものであって、宗教的には「汝、平和を好み、雄々しく、公正にして、神に献身する騎士たれ」（マンド司教ギヨーム・デュランの説教）に要約されます。（中略）「平和を好む」戦士であることがはたしてどこまで可能であるかは疑問ですが、傷ついた敵をいたわるとか、弱者（寡婦、子供、老人）を助けるべきだという考え方は、いわゆる騎士道精神として尊重され、荒々しい戦士の気質をある程度やわらげたことは確かです。（『西欧精神の探求　革新の十二世紀』上、二二二―二二三ページ）

この説明を見ると、騎士の権利も義務も、物質的なものというよりも、むしろ精神的なものであること、そして武力などよりも人徳を尊重するという騎士道精神の一端を理解することができる。

騎士道そして騎士道精神といったものに対して、我々はもっと華やかなもの、あるいは格好よさのようなものをイメージしがちであるが、意外に地味で、しかも相当ストイックなものであったことがよくわかるのである。

■『アイヴァンホー』の中の騎士道■

では、『アイヴァンホー』のどういうところに騎士道が現れているのか、見てみることにする。

『アイヴァンホー』の中で騎士道精神が最も華々しく現れるのは、物語の前半のクライマックスであるアシュビーの馬上槍試合であろう。王弟ジョンの主催で行われるこの槍試合には、ボア＝ギルベールやフロン＝ド＝ブーフといった名だたるノルマン人の騎士やサクソン人の騎士たちが参加する。アイヴァンホーや黒騎士に扮したリチャード王も、サクソン側の騎士として密かに参加する。さしづめノルマン対サクソンの民族対決といった観のあるこの槍試合は、騎士道が存分に発揮される場面と言えるであろう。その模様は物語の第七章から第十三章まで、詳細に語られている。

その中でアイヴァンホーや黒騎士（＝リチャード獅子心王）は騎士道に忠実であり、典型的な騎士と言えるが、ボア＝ギルベールやフロン＝ド＝ブーフら聖堂騎士団の騎士たちは、騎士道の精神から外れる面があるように描かれているのである。

しかし、表面上の華やかさとは裏腹に、こういった馬上槍試合には、現実的な生臭さが伴っていたことを忘れてはならないであろう。低い地位の騎士にとって、馬上槍試合がどういった性格のものであったかは、次の文章によって明らかになる。

彼らはどういうふうにして金を稼ぐかというと、いわば渡世人のように、どこか戦争のあったときに加勢に行き、戦力提供の代償に食べさせてもらう。つまり傭兵になるわけです。あるいはトーナメントで賞金や賭金かせぎをします。観覧席を設け、周りを矢来のように仕切って、その中で戦闘の予行演習とも言える騎馬槍試合をいたします。必ずしも馬に乗って戦うばかりでなく、馬から降りて戦う場合もあります。このトーナメント（フランス語のトゥールノワ）は、武勇を競うことはもちろんですが、単なるスポーツではなくて、金もうけの手段であったわけです。あるいはバクチといってもよろしい。金や馬や武器・武具などを賭けて試合をする。勝てばいいのですが、負ければ身ぐるみはがれる。払いきれない場合には、親兄弟が請け出しにくるまで、捕虜のように身柄を拘束される場合もありました。死傷者も出る非常に激しい闘技だったわけです。（『西欧精神の探求　革新の十二世紀』上、二一五―二一六ページ）

■スコットの騎士道観■

では、スコット自身は、騎士道や騎士道精神といったものに対して、どのような見方をしているのであろうか。スコットは、リチャード獅子心王と騎士道精神の関係について、次のように書いている。

いわゆる獅子心王リチャードにおいて、あの華かではあるが、あまり意味もないロマンスの騎士精神が、ふたたび見事に蘇っていたのであり、（後略）（第四十一章）

「華やかではあるが、あまり意味もないロマンスの騎士精神」のくだりを読んだ時、我々はちょっと目を疑うのではないだろうか。騎士道物語を書いている作者がその中で「あまり意味もない」と言っているのである。スコットは騎士道に対して、かなり冷めた見方をしているのではないか、そういう印象を受けるのも無理はないであろう。

スコットは騎士道について専門的な知識も十分持っていた。一八一五年から一八二四年にかけて出版された『ブリタニカ百科事典』第六版に、スコットは「騎士道について」という書き下ろしの専門的な論文を掲載しているのである。この『ブリタニカ百科事典』の論文は、各分野の一流の専門家たちが寄稿している非常にレベルの高いものであると言われている。スコット自身の騎士道についての論文も該博な知識を駆使したレベルの高いものである。騎士道のすべてがわかっていないと書けないものであろう。つまり、スコットは騎士道の表も裏も知り尽くしていたのであり、だからこそ、『アイヴァンホー』で騎士道というものに対して、言わば冷めた見方をしているのではないだろうか。

トルキルストン城の攻防戦の真っ只中で、アイヴァンホーとレベッカは騎士道というものについて議論する。負傷したアイヴァンホーは、戦いに参加できない自分の不甲斐なさをくやしがりながら、騎士道について次のように言う。

「レベカどの、そなたにはわからないのじゃ、かりにも騎士として育てられた人間が、すぐまわりでは激しい英雄の闘いが行なわれていると申すに、ただ晏然（あんぜん）と、坊主か女かのようにじっとしていなければならぬなどと申すことが、どんなに苦しいものだか。戦（いくさ）好きと申すは、騎士にとってはいわば生命に糧——戦場に立つ砂煙は、いうなればわれらの鼻嵐じゃ！　勝利と誉れ、それだけがわれらの生甲斐と申すもの——それが失われては生命の終り、して、また生きながらえようとも思わぬわ。レベカどの、これがわれら騎士道の掟と申すもの、そのためには生命もなにも捧げるのじゃ」（第二十九章）

レベッカは、騎士道や戦いの結果残るのは栄誉であるとするアイヴァンホーの考え方に対して、疑問を投げ掛ける。

「栄誉でございますって？　やれやれ、人知れず朽ち果てる戦士の塚に、紋章がわりにかけられる錆びた鎖帷子のことでございますか？　無学な坊主の悲しさ、せっかく訪れる巡礼に読んだ聞かせることもろくにできぬ、あの消えかかった墓碑銘のことでございますか？　やさしい気持を犠牲にし、他人を不幸に陥れ、自分もまた不幸な一生を終ることになる、それに対する、これが十分な報いと申せるのでございましょうか？　それとも、たかが風来坊の乞食詩人のヘボ歌に歌われますことが、そんなに有難いのでございましょうか？　家庭の愛も、やさしい心も、平和も、幸福も、みんな売りわたしてまで、あの乞食楽師どもが飲んだくれの百姓相手に、酒の肴がわりに歌う歌物語の主人公になりたいのでございましょうか？」（第二十九章）

騎士の権化とも言うべきアイヴァンホーは、レベッカにここまで騎士道や栄誉について否定されて、黙ってはいない。さらに、騎士道の誇りについて反論するのである。

二人の議論を聞いて、どのような印象を持つであろうか。多分どちらの主張ももっともであるという印象ではないだろうか。アイヴァンホーの考え方は、騎士道の理念そのものを表しているし、レベッカの見方は、騎士道のネガティブな面を余すところなく伝えている。どちらも真実であって、ちょうどコインの表と裏のようなものなのであろう。

スコットは騎士道物語『アイヴァンホー』において、騎士道を絶対的なものとしてだけ扱うのではなく、そのネガティブな面に対しても目を向け、レベッカの口を通して、その面を語らせているのである。スコットは、決して騎士道を否定しようとしているのではない。言わばそれを客観的に見ようとしているのである。そこにスコットの考え方の一端が現れているのである。

クランシャンは『騎士道』の中で、「騎士道は死んだ」と書いている。

中世という時代の一面を彩った武士の友愛精神である騎士道はすでに死んだのだ。今日ではなんぴとも、われこそ騎士にふさわしいとあげつらうことはできないだろう。（一一八ページ）

しかし、敢えてクランシャンに対して、我々はこうは言えないだろうか。良くも悪くも、騎士道は『アイヴァンホー』の中で生き返ったのだ、そして騎士アイヴァンホーは物語の中で生きているのだ、と。

第6章

『アイヴァンホー』とユダヤ人

■アイザックとレベッカ■

サクソン人対ノルマン人の対立が歴史的背景になっている『アイヴァンホー』の中で、ロビン・フッドとはまた別にユニークな存在となっている人物は、ユダヤ人のアイザックとレベッカの親子である。ロックハートの『ウォルター・スコット伝』によれば、スコットはある時友人から聞いたユダヤ人の話に感銘を受け、そのユダヤ人をモデルにして作品の中に採り入れることにしたらしい。おそらくサクソン人対ノルマン人の対立だけでは、物語として余りにも単純だと考えたのであろう。

ユダヤ人たちは古くから差別・迫害を受けて来た。その悲しい歴史はあまりにも有名である。ここでその歴史を詳細に振り返ることはしないが、一部のユダヤ人が金貸しの仕事に携わっていたことを確認しておく必要はあろう。キリスト教は利子をもらって金を貸すことを禁じていたために、キリスト教の制約を受けないユダヤ人がしばしばそれを仕事にしていたのである。文学作品に出て来るユダヤ人と言えば金貸しというイメージは定着してしまった観がある。

『アイヴァンホー』において、アイザックはそのようなイメージで描かれているが、娘のレベッカは父の職業とは全く関係なく、非常に魅力的な女性として描かれている。父親とはかなり違うその存在、父親と比べてむしろアンバランスとも言えるその存在が、レベッカの最大の特徴であろう。レベッカをそのような女性として描いていること自体、『アイヴァンホー』でスコットが示そうとしている「ユダヤ人」の実像が、決して単純なものではないことを物語っていると言える。

■シェイクスピアの影響■

スコットはシェイクスピアの影響を強く受けていると言われている。幼い頃から親しんで来た愛読書にはシェイクスピアの諸作品が含まれていたし、その劇を見て感動したこともあった。もっともシェイクスピア以降のイギリスの作家でシェイクスピアの影響を受けていない作家はほとんどいないであろうが、スコットの場合は特に強い影響を受けていると思われるのである。

『アイヴァンホー』にもシェイクスピアの強い影響が見られる。特に『ヴェニスの商人』の影響が大きいように思われる。各章の冒頭にいろいろな作家や詩人の作品の一節が掲げられていることについては既に述べたが、その中で『ヴェニスの商人』からの引用が三箇所もあるのである。同じ作品から三箇所もその一節を引用するというのは、かなり特別な感じがする。それだけ強い影響関係が考えられるというものである。

『ヴェニスの商人』の影響は、シャイロックとアイザックを重ね合わせて描いているところに、最もよく現れていると言える。章の冒頭部分の『ヴェニスの商人』からの引用を見てみよう。

ジュウには目がないというのか？　ジュウには手が、臓腑が、身体が、感覚が、いや、愛情も感情もないとでもいうのか？　食べるものも同じなら、傷つく刃物も同じ。かかる病気も同じならば、癒す療法にも変りはない。夏は暑いし、冬は寒い。キリスト教徒となんのちがいがあるというのじゃ？（中野好夫訳）

これは第五章の冒頭に掲げられている『ヴェニスの商人』からの一節である。「ヨークのアイザック」がセドリックの館に招き入れられる場面である。

あの旦那のご好意がいただきたくて、こんな親切を申し出ているまでのこと。受けてくだされればよし。でなければ、ただそれまでの話。お願いでございます、あんまり無下にはお扱いくださいませぬよう。（同）

これは第六章の冒頭の一節である。アイザックが巡礼に変装しているアイヴァンホーに金の援助を申し出る場面である。

娘だァ！　金だァ！　娘だァ！
……………ああ、耶蘇奴の金だァ！
お裁きだァ！　法律だァ！　金だァ、娘だァ！（同）

これは第二十二章の冒頭の一節である。アイザックが監禁されて脅迫を受けている場面である。

以上のそれぞれの場面で、ユダヤ人アイザックの強情や強欲が描かれているのである。

『ヴェニスの商人』でシェイクスピアはシャイロックを非常に強欲な人間として描いてい

ることはよく知られているが、スコットはアイザックをそのシャイロックにほとんど重ね合わせて描いていると言っても過言ではないであろう。

■ユダヤ人迫害の問題■

『アイヴァンホー』で扱われている問題の一つがユダヤ人に対する差別・迫害の問題であるが、果たしてスコットがユダヤ人に対し大きな偏見を持って描いているのかと言えば、必ずしもそうではないように思われる。スコットは、中世においてユダヤ人が迫害されていたという、あくまで客観的な事実を忠実に描いているだけなのである。

物語の最初の方で、スコットは、「巡礼」にアイザックに対して露骨な差別をさせている。その巡礼とは、実は、密かに十字軍遠征から戻って身分を隠しているアイヴァンホーなのである。

こう叫びながら、彼（アイザック）は身を起こして、はげしく哀願するような眼で、巡礼のマントをつかんだ。巡礼はまるで汚いものでも避けるように、さっとマ

ントを引いてとった。（第六章）

実際、当時の社会はユダヤ人に対して冷たかった。『ヴェニスの商人』のシャイロックと同様、ユダヤ人は薄情な金貸しのようなイメージしかなかったのである。こういった点はある程度史実に基づいていると思われるし、ユダヤ人に対する差別の問題が作品のテーマの一つになっていることは間違いない。スコットは、当時のイギリスにおけるユダヤ人差別について、次のように説明している。

というのは、およそ世界にこのころのユダヤ人ほど、たえず容赦ない総迫害にあっていたものは、地上にも、いや空中にも水中にも、なかったからである。あれば、せいぜい飛魚くらいかもしれぬ。まことにいわれのない区々たる口実、あるいはまた非道も非道、まったく根も葉もない罪名の下に、肉体も財産も、たえず民衆の激しい憎悪にさらされていたのだった。というのは、ノルマン人もサクソン人も、デイン人もブリトン人も、お互い同士は敵でありながら、ひとたびユダヤ人のこととなると、誰がいちばん毛嫌いするかということで、まるで競争だった。彼等

を憎み、罵り、軽蔑し、掠奪し、そして迫害することが、まるで信仰の重大要件であるかのように考えられていた。（第六章）

ところが、バーチェフスキーによれば、他のヨーロッパ諸国に比べると、スコットが『アイヴァンホー』を書いた十九世紀前半のイギリスにおける反ユダヤ人感情は、それほどひどいものではなく、むしろ寛容なものであったと言うのである。その状況がアイザックやレベッカの描かれ方にも反映されていると、彼は指摘している。

この、そこそこ公平かつ寛大な態度は『アイヴァンホー』にも投影されている。ユダヤ人であるヨークの金貸しアイザックは、なるほど強欲ではあるが、彼はまた、友人には忠実であり、娘のレベッカには激しいまでに献身的であるし、勇敢で、柔軟な考え方をすると同時に決然とした意志も持ちあわせている。そのレベッカにしても、美しく、魅力的で、気品のあるヒロインとして描かれている。（前掲書、一八二ページ）

確かにアイザックはシャイロックに比べるとそれほど極端に貪欲というわけではないし、人間的にもそれほど卑しく描かれてはいない。レベッカに至っては、優しく謙虚で、しかも才色兼備の女性である。

こうして美しい容色ばかりでなく、深い知識にまで恵まれたレベカは、当然同胞たち全体からの尊崇の的であり、ときにはあの旧約聖書に記されているいわゆる才女たちの一人にさえたぐえられるくらいだった。父のアイザックもまた、かぎりないその愛情に加えるに、才能に対する尊敬の念もあって、婦女子に関する当時ユダヤ人の習俗からいえば、異例と思えるほどの自由を彼女に許していたばかりか、ついいまも見たように、ときには彼自身の意見を差しおいてさえ、彼女のそれにしたがうこともめずらしくなかった。（第二十八章）

ガースが言った次の言葉は、レベッカのすべてを語っている。「まったくの話、ありゃユダヤ娘じゃねえ、天使だよ！」（第十章）
シェイクスピアが描いたユダヤ人は、シェイクスピア自身の時代のユダヤ人に対する偏見を直接反映したものであり、その結果としてシャイロックという人間像が描かれた。それでもシャイロックに対する微妙な感情についての議論が古くから行われているのである。一方、スコットは中世におけるユダヤ人迫害の問題を歴史的事実として忠実に作品の中に採り入れることに注意を払いつつ、自分自身の時代のユダヤ人に対する感情も同時に作品に反映させないわけには行かなかったのではないだろうか。

結局、中世におけるユダヤ人への迫害が忠実に描かれている一方で、バーチェフスキーの指摘する通り、アイザックとレベッカの描き方に自分の時代のユダヤ人への心情が反映されているという事実が、『ヴェニスの商人』と『アイヴァンホー』におけるユダヤ人の性格描写の相違になって現れているように思われるのである。

■アイザック・レベッカの人間味■

騎士道の華やかな面だけが強調されやすい一方で、中世におけるその非人間的な側面が『アイヴァンホー』の中で曝け出されるのは、アイザックとレベッカによってである、という点にも注意が必要であろう。スコットは、作品の中でサクソン人でもノルマン人でもない、言わば中立的な立場にいるアイザックやレベッカの口から、敢えてそういったことを言わせているように思われるのである。

スコットは、シェイクスピア『ヴェニスの商人』のシャイロックに似せてアイザックを描いたとされるが、両者は同じユダヤ人の金貸しでもかなり描かれ方に違いがある。シャイロックは金だけに執着する人間として描かれているが、アイザックは同じく金に対する執着も相当なものであるが、どちらかと言えば人間味を持った人物としても描かれているのである。

既に触れたように、このことの背景には、シェイクスピア、スコット、それぞれの社会状況の違いがあるのかもしれないが、騎士道や中世という時代に対するスコットの考え方が、アイザックとレベッカの人間味のある言動になって現れているようにも考えられるのである。

アイザックは娘思いの父親らしさを示す。レベッカを人質にして金を出させようとする聖堂騎士フロン＝ド＝ブーフの脅迫に対して、アイザックは、懇願が聞き入れられないとわかると、こう叫ぶのである。

「どうなとするがよいわ。あの娘こそはわしの血肉じゃ。おのれが極刑でおどそうなどというこの五体よりはな、千倍も大事な血肉なのじゃ。一文だってやるもんか。やるくらいなら、いっそ溶かして、その強欲な咽喉許に流しこんでくれるわ——ああ、一文だってやるもんか！」（第二十二章）

冷酷で無慈悲な聖堂騎士たちの仕打ちに対して、アイザックはできるだけ耐えようとして来たが、娘に危害が及びそうになると、自分の身の危険をも顧みず、敢然と彼らに抵抗するのである。

レベッカはどうであろうか。第二章の「夏目漱石の『アイヴァンホー』論」で、レベッカによるトルキルストン城の攻防の状況の説明について述べたが、戦闘の模様をアイヴァンホーに報告するレベッカは、その合間に人間同士が殺し合うことについて嘆く。

「…ああ、神様、これがあなた自身に肖せてお創りになったという人間の姿なのでございましょうか？　同胞同士でこんなにも残酷に殺し合う、この人間というものが！」（第二十九章）

「…ああ、ほんとうに、みんな人間ならば、なぜもう敵対もできない人間まで許してやることができないのでしょうか！」（第二十九章）

アイヴァンホーが夢中になってレベッカの報告を聞き、質問を繰り返している時に、レベッカは戦闘の中での人間同士の殺し合いに大きな疑問を投げ掛けているのである。このレベッカの反応は一人の人間として極めて当然であり、むしろ何の痛痒も感じず、興奮しながら戦闘の状況について知りたがっているアイヴァンホーの方が普通ではないのであろう。

我々読者も、『アイヴァンホー』を読みながら、アイヴァンホー自身と同じように、レベッカが説明する戦闘の状況に没頭してしまうが、このレベッカの言葉によって、そこで行われていることが実は大変なことなのだということに改めて気付かされるのである。

さらに、物語の終わり近くで、レベッカは宗教裁判にかけられ、魔女として火刑に処せられようとする。聖堂騎士団の掟により、レベッカの処刑の正当性を証明するために、騎士道本来の決闘が行われることになる。聖堂団教堂長騎士のボア＝ギルベールを決闘で打ち負かさない限り、レベッカは処刑されてしまうというのである。理不尽この上ない話であるが、騎士道の儀式が粛々と進められる。しかし、そこにアイヴァンホーが現れて、ボア＝ギルベールを破り、レベッカを救うのである。正義の御旗を掲げる騎士たちが理不尽な慣習に支配されているという矛盾がこの一件で明らかになるのである。

このように、アイザックもレベッカも、聖堂騎士たちの横暴な振舞いや騎士道の持つ理不尽な慣習などに対して、言わば「ノー」を突きつけているのである。『アイヴァンホー』の中にあって、そういうアクションを起こす登場人物は、他には見当たらない。そういった意味でも、アイザック、レベッカのユダヤ人親子は、作品の中で非常にユニークな位置を占めていると言うことができるのである。

■アイヴァンホーとレベッカの別離■

アイザックとレベッカが住んでいるのは、シェフィールドであるが、物語の最後に父娘はイングランドを去る。レベッカは危うく火刑に処せられるところをアイヴァンホーに救われたり、アイザックも聖堂騎士たちにひどい仕打ちを受けたりして、イングランドという国を見限り、イベリア半島のグラナダに安住の地を見出すことにしたのである。イベリア半島は、八世紀初めから十五世紀末頃までイスラム教徒の支配下にあって、キリスト教徒に迫害されたユダヤ人が、多く移住した。レベッカは、アイヴァンホーと結婚したロウィーナとの別れ際にこう言うのである。

「…イギリス人と申すは、なにぶんお気の荒い国民、たえず隣国との戦争、また内乱を起こしましては、お互い殺し合っている始末でございます。わたくしたちユダの子らにとっては、決して安全な住み家ではございません。(中略) おそろしい隣国に囲まれ、内乱に苛まれますような戦と流血の国に、わたくしたち流浪のイスラエル人は、とても安住いたしかねるのでございます」(第四十四章)

これはレベッカの言葉であり、また全ユダヤ人の言葉でもあろう。そして、イングランドに対するスコットの警告でもある。ユダヤ人に対する偏見や迫害を歴史的事実として作品の中に採り入れながらも、彼らに対するそういった態度がイングランド自身を写す鏡のようなものでもあることを、スコットはレベッカの言葉を通じて示そうとしているのではないだろうか。

アイヴァンホーに対するレベッカの報われない恋もまた、物語の最後に哀愁を漂わせることにつながっている。アイヴァンホーとロウィーナはもともと相思相愛の関係であり、また二人の結婚によって物語はハッピーエンドになっているわけであるが、その一方で、アイヴァンホーに思いを抱きつつ必死の介抱をしたレベッカの献身振りにも我々は心を動かされずにはいられない。

美しく高貴ではあるが、どことなく平板な印象を免れないロウィーナではなく、この献身的なレベッカにこそアイヴァンホーに添い遂げさせたいと思う読者も、従来少なからず存在したし、有名なイギリスの作家たちの中にもいたのは事実である。しかし、スコットは決して物語をそのような不安定な結末へは導かない。それはスコットが当時の歴史的背景を踏まえているからでもあるし、また彼自身の考え方による面もあろう。いずれにしても、敢えてレベッカに対する同情をたっぷりと残させて結末に至るところが、『アイヴァンホー』のいいところなのである。

第7章

原作者スコットについて

■スコットの生い立ち■

ここで『アイヴァンホー』の原作者ウォルター・スコット（Sir Walter Scott，一七七一―一八三二）について述べることにしよう。

スコットは、一七七一年八月十五日、エディンバラに生まれた。その名前が示す通りスコットランドの詩人・小説家である。事務弁護士の父も同名の「ウォルター・スコット」であった。祖先は代々スコット姓を名乗り、系図を見ると、他にも「ウォルター・スコット」が何人も出て来る。もちろん、スコットの曽祖父だったり、そのまた父親だったり、というように、すべて親戚になる人たちである。

母アンはエディンバラ大学教授の娘であった。シェイクスピアを愛読し、スコットランドの伝説や民謡に親しんでいたという。スコットの伝説や民謡に対する興味は、この母に影響を受けたものかもしれない。

スコットの父がエディンバラに住むようになる前は、スコット家は古くからスコットランド国境地方の有名な豪族であった。つまり、スコットの祖先は大昔からスコットランドに住み着いていた根っからのスコットランド人であったということである。実際、スコットの先祖の中には、民謡で歌われている人物が何人もいるのである。特に「ビアディ（ひげ）」という綽名で有名な「ウォルター・スコット」もそうであった。大和資雄の『スコット』には次のように記されている。

彼は熱烈なジャコバイト（ジェイムズ王党）で、スチュアート王家の国外追放を悲しんであごひげをかみそりにも、はさみにもあてず、その上に王家のために武器をとり、戦敗れて所有の財産をことごとく失った。この「ひげ」はエディンバラのジャコバイト倶楽部に属し、クラブではいつもラテン語で話していたというから、相当学問もあったらしい。これが詩人スコットと風貌が似ていたと言われる曽祖父である。（四ページ）

こういった人物について語り継がれて来た話が幼い頃のスコットに大きな刺激を与えたことは、想像に難くない。このスコットのアイデンティティは非常に重要であって、このことを抜きにしては、スコットの作家としての本質、いやそもそも人間としての本質を理解することはできないであろう。そして、これほどのバックグラウンドを持つスコットが、スコットランドの歴史に興味を持つようになったとしても、不思議ではない。スコットが後に物語詩や歴史小説を書くようになったのも、その題材が自分のアイデンティティに直接関わっていたからだったのである。

スコットは一歳半の頃、小児麻痺にかかり、以後右足が不自由となる。病弱だったこともあって、国境地方のケルソー（Kelso）近くにある祖父母の管理するサンディノウ農場に送られる。幼少の頃は自然環境豊かなこの農場で過ごすことになる。農場のある地方には、古い民話や伝説なども豊富に存在した。自分の祖先たちの武勇伝やロビン・フッドの伝説もその中に含まれていた。スコットはそういった昔話を主に祖母から聞かされたという。また、叔父や叔母も幼いスコットに話を聞かせたり、本を読んで聞かせたりした。こういった経験がスコットの想像力を育まなかったはずはない。因みに、幼い頃、スコットは「ウォッティー」と呼ばれていた。

スコットの両親は彼の足を直そうとして、いろいろ手を尽くした。スコットは叔母にバース（Bath）の鉱泉に連れて行ってもらうことになった。バースは古来、温泉地として知られている。また、チョーサーの『カンタベリー物語』の「バースの女房」の話でも有名である。この町に約一年間滞在したが、スコットの足は良くならなかった。しかし、この町でたまたま見たシェイクスピア劇がスコットに大きな感銘を与えた。その時の興味深いエピソードを紹介しよう。

その出し物は「お気に召すまま」であったが、非常に深い印象を幼いスコットに与えた。第一幕第一場のオーランドウとよくない兄との争の場面を見た時、ウォッティーはひどく憤慨して、「二人は兄弟じゃないか」（"A'n't they brothers?"）と大声で叫んだという。祖母のもとで一人子であった彼は、その後エディンバラの父母兄弟のもとに帰って、はじめて兄弟の争がまことに自然なものであることを知ったのであった。（前掲書、一〇ページ）

このエピソードを『アイヴァンホー』に当てはめて考えると、直ぐに思い浮かぶのはリチャード王とジョンの関係である。兄弟でありながら不和であり、ジョンは兄の留守の間に王位を狙う。それを阻止するためにアイヴァンホーは戦うのである。『アイヴァンホー』の主筋の基になっていると言ってもよいこの二人の関係は、もちろん歴史上の事実ではあるが、スコットが幼い頃見たシェイクスピア劇に影響されての設定であるかもしれないとするのは、考え過ぎであろうか。

■若い頃のスコット■

サンディノウ農場で幼少期を過ごしたスコットは、エディンバラの自宅に帰る。その後、エディンバラのグラマー・スクールを経て、十三歳でエディンバラ大学の古典科に入学する。二年目に体をこわして中途退学するが、この頃までにシェイクスピアやスペンサーなどに親しんだ。ほとんど乱読と言ってもよい読書であった。特に興味を持ったのが、トマス・パーシー（一七二九―一八一一）が編集した『英国古謡拾遺』（*Reliques of Ancient English Poetry*, 1765）であった。古い英語の詩を収集したものであるが、スコットに大きな影響を与えた。

今度は少しスコットの公的な仕事の方に目を向けてみよう。

一七八五年、十四歳の時から、事務弁護士だった父の法律事務所で法律業務の見習いをしながら、弁護士試験のための勉強をした。一七九二年、二十一歳で法廷弁護士の資格を取る。さらに、一七九九年、二十八歳でセルカークシャーの知事代理、一八〇六年、三十五歳でエディンバラ最高民事裁判所の書記になる。

このように、弁護士や裁判所の書記になるなど、公的な仕事は非常に順調であったが、スコットには余暇にスコットランドとイングランドの辺境地方を巡り歩くという趣味があった。古い伝説やバラッド（民謡）を収集したり、史跡や古戦場を訪ねるためである。また、ゲーテの『若きウェルテルの悩み』を読んだりして、ドイツ浪漫主義文学の影響も受けた。また、一七九六年にドイツの詩人ゴットフリート・ビュルガーの「レノーレ」と「狩猟」を翻訳して、「ウィリアムとヘレンおよび狩猟」（〝The Chase, and William and Helen〟）と題して匿名で出版する。一七九七年、フランス王党派の亡命者の娘、シャーロット・カーペンターと結婚する。

■詩人としてのスコット■

一七九九年、二十八歳の時に、ゲーテの『ゲッツ・フォン・ベルリヒンゲン』の翻訳を出版した。一八〇二年、三十一歳の時に、『スコットランド辺境古謡集』（*The Minstrelsy of the Scottish Border*）三巻を出版した。スコットが長年スコットランド辺境地方を歩いて収集した古詩や古い民謡の集大成である。

一八〇五年、三十四歳の時に、長編物語詩『最後の吟遊詩人の歌』（*The Lay of the Last Minstrel*）を出版する。この作品によってスコットは詩人として一躍有名になるのである。しかし、この時期に親友ジェイムズ・バランタインと始めた印刷・出版の共同経営が後の破綻のもとになる。まさに成功の影に失敗の種が潜んでいたことになる。

続いて、一八〇八年、三十七歳の時に、『マーミオン』（*Marmion*）、一八一〇年、三十九歳の時に、『湖上の美人』（*The Lady of the Lake*）を出した。いずれも物語詩である。この時期、スコットの詩人としての名声は頂点を極めるが、スコットは次第に詩人としての自らの才能に限界を感じるようになる。天才詩人バイロンの出現がスコットのそうした気持ちに拍車をかけたと言われている。

一八一二年、四十一歳の時に、エディンバラの南、トウィード（Tweed）河畔のアボッツフォード（Abbotsford）の広大な敷地に屋敷を作って住む。スコットの文筆活動はこの後、このアボッツフォードで行われることになるのである。なお、このアボッツフォードは現在、スコットの子孫が管理している。

一八一三年、四十二歳の時に桂冠詩人（Poet Laureate）に推薦されるが、辞退し、代わりに後輩のロバート・サウジー（Robert Southey, 一七七四―一八四三）を推薦する。桂冠詩人とは、王室での慶弔などの際に詩を作ることを職務にするイギリスの詩人を言う。前任者の死亡により、後任に引き継がれる。因みに、サウジーはこの年から一八四三年に亡くなるまで、約三十年にわたって桂冠詩人を務めた。

■詩から小説の世界へ■

バイロンの出現によって、スコットは次第に詩の世界から退くことを考えるようになる。『湖上の美人』の後もいくつか物語詩を出すが、その名声は既にピークを過ぎていたのである。

こうして、スコットは詩を諦め、小説の世界に転じる。スコットが小説第一作の『ウェイヴァリー』を書いた時のエピソードがある。たまたま釣り道具を捜していて、机の引出しを開けたところ、書き掛けの小説の原稿を見つけた、というのである。既に一八〇五年頃、『ウェイヴァリー』の最初の数章を書いていたのであるが、その原稿を偶然見つけたというわけである。そして、それを読み返してみたところ、なかなか面白い出来映えだったので、直ぐにその続きを書いた、とスコットは語っている。半分は作り話かもしれないと言われているが、このようにして『ウェイヴァリー』は書かれたのである。

スコットの小説第一作『ウェイヴァリー』は、一八一四年、四十三歳の時に匿名で発表された。「ウェイヴァリー小説」（Waverley Novels）と総称される作品群の命名の由来となった作品である。当時としては異例のベストセラーとなった。

■小説家としてのスコット■

それから、スコットは匿名で次々に小説を書き続け、「ウェイヴァリー小説」は全部で三十作近くに及んだ。その多くが傑作とされている。「詩人スコット」よりも「小説家スコット」の名声の方が大きくなったのである。因みに、劇作もいくつかある。一八二〇年、四十九歳の時には、准男爵（baronet）に叙せられ、「サー・ウォルター・スコット」（Sir Walter Scott）となった。また、一八二七年、五十六歳の時に、それまで匿名で書いて来た「ウェイヴァリー小説」の作者であることを公にした。もっともイギリスの多くの人たちにとって、作者がスコットであることは、既に暗黙の了解だったのである。

スコットは歴史小説を創始したと言われるが、それはまさに『アイヴァンホー』によってである。小説第一作の『ウェイヴァリー』から第九作の『モントローズ綺譚』(*A Legend of Montrose*) までの背景は、それほど過去に溯った時代ではなかった。『ウェイヴァリー』の副題が「六十年前の物語」('Tis sixty years since) となっているのを見てもわかるように、スコットが生きていた時代から見て、わずか数十年前から、せいぜい百年くらい前の時代が背景になっているのである。一般的には、そのくらいの過去の時代に対して「歴史」という言葉を使うのは、少々おおげさのような気がする。

スコットは『アイヴァンホー』によって言わば一気にタイムスリップを果たしたが、そのくらいの過去に溯ってこそ「歴史小説」という言葉が当てはまるのである。因みに、『アイヴァンホー』の出版年は、公には一八二〇年とされていて、いろいろな本に一八二〇年と記されているが、実際には一八一九年十二月というのが正確な出版年月である。

『アイヴァンホー』の後、スコットは次々に「歴史小説」を発表する。『ケニルワース』(*Kenilworth*) ではエリザベス一世の時代を扱い、『タリズマン』(*The Talisman*) では再び中世に戻り、十字軍の時代を扱った。まさに作品ごとにさまざまな時代が背景になっているのである。そしてその中で特に傑作とされているのが、『アイヴァンホー』なのである。

しかし、『アイヴァンホー』が有名な傑作であるということ自体は、何の問題もないのであるが、その一方で、スコットと言えば『アイヴァンホー』ということくらいしか一般的に思い浮かべられないとすれば、大変もったいないことではないだろうか。

スコットは『アイヴァンホー』の他にも数多くの詩や小説を書いている。それはまさに膨大な分量に及ぶ。面白く魅力的な作品は他にもたくさんある。特にスコットランド小説には翻訳が出ていないものが多いが、本書の読者には、人気小説『アイヴァンホー』の他にもスコットの作品を読んで頂ければ幸いである。

大和資雄は、スコットを賞賛して次のように書いている。

英国には進歩派に劣らず、残念ながらむしろそれ以上に、保守派の傑物が多い。スコットもその一人であるが、彼の作品は保守派にも進歩派にも属しない。それは国王をも農奴をも、将軍をも士卒をも、各人を歴史の所産として示した、公平無私な社会展望であり、「人間本性の新版」であり、人類のながらえる限り永久に人類のものである。(前掲書、はしがき)

■『アイヴァンホー』執筆のきっかけ■

スコットは『ウェイヴァリー』から連続して計九作のスコットランドを舞台にした郷土小説を書いた後、『アイヴァンホー』を書いたわけであるが、九作目の『モントローズ綺譚』を出した後、作品の題材や時代背景を大きく変えることを考えた。それは、スコットランドを舞台にした小説だけでは、読者を飽きさせてしまうのではないかという危惧を抱いたからであった。

『アイヴァンホー』の序文で、同作執筆のきっかけについて、スコットは次のように書いている。

ウェイヴァリー小説の作者は、これまで、減じない人気の道を歩んで来たので、文学の特殊の分野では、成功の甘えッ子（ランファン　ガーテ）と言われるかも知れない。しかし、つぎつぎに作品を出しても、後から出る作品を真新しく見せるよう、何らかのモードを考案できないと、一般の人気がなくなるにきまっていた。作者がもっとも親しく知っているスコットランドの風俗・方言そして特色は、これまで、物語に効果を与えるために、作者が頼りにしていた土台であった。しかしこれにばかり頼っていては、しまいにどうしても、この種の興味が、同じことの繰り返しになって、読者はついに、トマス・パーネルの『妖精物語』の歌のなかの、エドウィンのように、こう言いかねない。——

そのまじないを変えてくれ、
もういいかげんにしてほしい、
その軽わざは　たくさんだ。

この文章中に、「人気」(popularity)、「成功」(success)、「一般の人気」(public favour) といった言葉が使われていることに、注意が必要である。これはスコットがそういったことを気にしていたことの証拠に他ならない。また、彼が「同じことの繰り返し」(repetition of the sameness) によってエドウィンの言葉のように、観客(＝読者)を飽きさせてしまうことを非常に懸念していたことをも示している。

ここでは少々ユーモラスに書いているのであろうが、スコットの悩みはかなり深刻だったようである。作品のワンパターンの怖さ、単調さが生み出す読者の倦怠感について、スコットはよくわかっていたに違いない。題材はそれぞれ異なると言っても、同じスコットランドを舞台にした作品が九作も続いているのである。その中には、『黒い小人』のように比較的短めの作品もある。堂々たる長編小説を書くのが苦にはならなかったスコットにとって、短めの作品は自ら失敗作と認めているようなものである。

スコットのアイデンティティは、その系図から言っても、本来スコットランドにあるわけであるが、引用した部分ではっきり述べているように、スコットランドから離れることは、読者を飽きさせないためには、仕方のない選択だったのであろう。

スコットは同じ序文の別の所でも、同じ趣旨のことを書いている。

…現在の作者は、スコットランドの題材にばかり閉じこもっていると、寛大な読者たちにすら飽きられかねないばかりか、作者自身の彼らを楽しませる力をも、大いに制限することになりかねないと思った。

新しい小説の題材と時代背景としてスコットが選んだのは、十二世紀のイングランドであった。スコットの思惑は見事に当たった。『アイヴァンホー』は空前のベストセラーになったのである。『アイヴァンホー』にはスコットランド方言が全くない。イングランドの読者にも読みやすい標準英語が用いられているのである。それまでの十八世紀のスコットランドという限られた世界から十二世紀のイングランドという新たな舞台へと、スコットは出発したのである。

■スコットの蔵書と『アイヴァンホー』■

ここでスコットとその蔵書の関係について注目してみたい。

スコットは一八一二年、四十一歳の時にトウィード川のほとりにあるアボッツフォードに移った。次第に買い足して、後には十三万坪にもなった広大な敷地、それに城とも見まがう大邸宅である。ここでスコットは封建領主のような生活をする。そして、ここに膨大な量の本を集めたのである。アボッツフォードを訪れた人はみな、広壮な屋敷もさることながら、その膨大な蔵書に驚く。

本だけではない。スコットにはいろいろなものの収集癖があったので、非常に多くの資料や中世の武具・紋章なども保管されているのである。その規模は博物館並みと言われている。この蔵書や骨董品がスコットの執筆活動に大きく影響していることは言うまでもない。

渡部昇一は『続知的生活の方法』の中で、スコットが全九巻の『ナポレオン伝』を書いた時に自邸の蔵書や資料が大きな力を発揮したとして、次のように述べている。

…参考資料を自宅のライブラリーに持っている強みで、こういう歴史的考証を必要とする大著を、史実的にも大過なく書くことができたし、しかもそれは高い評判をよんで、版権は一万八千ポンド（約九千万円?）で売れている。（中略）このように馬車馬のように二年間書き続けながら、書く種に困らなかったのは、単にスコットの才能というだけではすまない。なにしろ歴史小説なのだから資料が要る。スコットにはそれが十分あったのだ。（六三―六四ページ）

スコットの著作は膨大な量に及ぶ。詩集や小説だけではない。例に挙げられている大部の『ナポレオン伝』や『小説家評伝』もある。また、ブリタニカ百科事典などへの寄稿など、学問的な著作も多い。さらに膨大な日記や十二巻にも及ぶ手紙もあるのである。日記や手紙はともかくとして、歴史小説や伝記のようなものを書くには、相当な量の本や資料が必要である。それが自分の手許にあるという便利さは、まさに計り知れないものであろうと想像されるのである。

渡部昇一は、スコットの驚異的な知的生産がその蔵書と武具庫に負うことが非常に大きいとして、次のようにも述べている。

これは彼が子供のときから不断に蓄積していった蔵書によることは確かであるのに、そこにほんとうに注目して書いている彼の伝記は、まだ私の目にふれていない。それは、これだけの蔵書を私有することの意味を実感できる人が少ないからではないかと思う。（前掲書、九六ページ）

『アイヴァンホー』を書くにも、スコットはその膨大な蔵書や資料を駆使したに違いない。リチャード獅子心王や王弟ジョンといった歴史上の人物や時代背景などについて書く時に、資料や武具（甲冑や刀剣）の現物が威力を発揮したであろうと思われる。『アイヴァンホー』がスコットの膨大な蔵書や資料から生まれたことは間違いない。

もちろん、膨大な蔵書や資料や武具類といったものによってのみ、『アイヴァンホー』を初めとする数々の歴史小説が出来上がったわけではない。既に述べたように、スコットは若い頃からスコットランドの山野を渉猟する習慣があったのである。古戦場や古い史跡を訪ね歩くことによって、スコットの歴史的想像力は日増しに膨れ上がって行った。遠い昔の時代に思いを馳せる時、スコットの想像力は、本の世界との相乗効果で、より具体的なイメージを生み出し、それが作品となって結実したのである。

■経済的破綻と執筆活動■

ここでスコットの経済的破綻とその後の執筆活動について、触れておきたい。スコットの生涯を語る時、その偉大な文学上の業績の影に大きな苦難が潜んでいたことを見過ごすわけには行かない。スコットの人生の大きな苦難を知ってこそ、我々は人間としてのスコットをよりよく理解することができるように思われるのである。

スコットがジェイムズ・バランタインと印刷・出版の共同経営をしていたことについては既に述べた。一八〇九年、三十八歳の時には、ジェイムズの弟ジョンに資本金を出して、「ジョン・バランタイン出版会社」の共同経営者になったのである。同社はしばらくの間、順調な経営を続けていたが、一八二六年、スコットが五十五歳の時に、破産してしまった。その結果、同社の負債はすべて共同経営者であるスコットの肩にかかることになってしまったのである。負債総額は十一万七千ポンドであったという。現在の金額に正確に換算するのは難しいが、数億円かそれ以上の金額になるであろう。

そのことを知った知人や友人たちから次々に援助の申し出が成されたが、スコットはすべて断わった。自分の文筆の仕事だけで債務を返済しようとしたのである。この年以降、スコットが病気と闘いながら、小説や伝記、あるいは歴史書などを濫作気味に次々に書いたことは、よく知られている。スコットは本の印税によって次第に債務を返済して行き、遂に債務は完済されたのである。

その後、無理がたたって、スコットの病状はますます悪化した。一八三一年から翌年にかけて、保養のためイタリアに旅行したが、スコットの健康は回復しなかった。帰国後の一八三二年九月二十一日、アボッツフォードで死去し、六十一歳の生涯を閉じたのである。

逆境にも負けず、ペンの力だけで債務を返済した努力は、日本でもさまざまな偉人伝などで紹介され、多くの人々に勇気と感動を与えて来た。後年、そういった事情のため、濫作による作品の質の低下が見られたが、それはスコットが債務を背負った一八二六年以降のことであり、初期のスコットランド小説はもとより、『アイヴァンホー』などにも関係のないことである。このエピソードは、『アイヴァンホー』には直接の関係はないものの、スコットの人間としてのすばらしさをよく示していると言うことができる。

第8章

『アイヴァンホー』翻訳の歴史

■スコット作品の翻訳事情■

『アイヴァンホー』が初めて日本に紹介されたのは、いつ頃であろうか。また今日までに『アイヴァンホー』の翻訳は、どのくらい出ているのであろうか。

まず、作者スコット自身の日本への紹介であるが、明治期の初めに遡る。文明開化の頃、日本でも有名な『西国立志編』の中でスコットの逸話が紹介されているのである。『西国立志編』はサミュエル・スマイルズの『自助論』(*Self-Help*)を中村正直が訳したもので、福沢諭吉の『学問のすすめ』と共に、当時ベストセラーになった本である。その中でスコットの勤勉さなどについていくつかのエピソードが紹介されているのである。

他にもスコットを紹介する本が出たが、主に『西国立志編』によって明治時代の日本にスコットの名前が浸透するようになった。また、スコットの作品を直接、原書で読む人々もいた。

スコットの作品で初めて邦訳されたのは、『アイヴァンホー』ではない。坪内逍遥(一八五九―一九三五)がスコットランド小説の『ラマムアの花嫁』(*The Bride of Lammermoor*)の一部を訳し、『春風情話』(一八八〇年)として出版したのが最初である。逍遥はその後、詩作品『湖上の美人』（*The Lady of the Lake*）をも訳して『春窓綺話』（一八八四年）という題名で出版している。

スコットは『アイヴァンホー』の前に、小説第一作の『ウェイヴァリー』から第九作の『モントローズ綺譚』まで一連のスコットランド小説を書いていて、それらの作品に対して、近年、再評価の気運が高まっているのであるが、スコットランド方言が多く使われていることもあって、明治期以来、翻訳は非常に少ないのが実情である。

一方、『アイヴァンホー』の翻訳は、明治期以降、何種類も出ている。スコットの作品の翻訳では、詩集では『湖上の美人』、小説では『アイヴァンホー』が飛び抜けて多いのである。『湖上の美人』は『湖の麗人』など別題名のものを含め、少なくとも七種類、『アイヴァンホー』は少なくとも六種類も出ているのである。

スコットの小説の翻訳が『アイヴァンホー』に集中してしまったのには、いくつかの理由があろう。

まず、標準英語で書かれていて、スコットランド方言が全く使われていないことが挙げられる。スコットのスコットランド小説の質の高さには定評があるが、日本語への翻訳ということを考えた時に誰もが及び腰になってしまうことは容易に想像できる。その意味でも、明治期の初めに坪内逍遥がスコットランド小説の第八作の『ラマムアの花嫁』を『春風情話』という題名で翻訳したことは、大きな業績と言えるであろう。『春風情話』は原作の最初の数章の翻訳ではあったが、先駆的な意味で大きな意義を持っていると言える。

第二の理由として、『アイヴァンホー』がとにかく面白いということが挙げられる。小説というよりはむしろロマンスに近く、その中で人生の深刻な問題などが扱われているわけではないが、歴史上の人物、架空の人物、伝説上の人物といった、バラエティに富んだ魅力ある多くの人物たちが登場する。前にも述べたように、登場人物の多様性という点では、シェイクスピアにも比せられるくらいである。そしてストーリーは息もつかせぬ展開を見せる。とにかく読んで楽しいという点では、スコットの数多い作品の中でも屈指のものなのである。

他にも理由は考えられるかもしれないが、これら二つが日本での『アイヴァンホー』の翻訳の多さの主要な理由であると考えることができる。

■明治期の『アイヴァンホー』の翻訳■

『アイヴァンホー』が初めて翻訳されたのは、一八八六年（明治一九年）から一八八七年（明治二〇年）にかけてのことで、牛山良助（鶴堂）という人が訳して、『梅蕾余薫』（二巻）という名前で出版した。これが日本最初の『アイヴァンホー』の翻訳である。ただ、これは「政治小説」と書かれているように、政治を念頭に置いて訳されたものであった。従って、『アイヴァンホー』の騎士道物語的な要素は弱められている。当時この本を買い求めた人々の多くは、政治に関心を持っていて、この本の「政治小説」というタイトルに惹かれたと想像される。

訳者牛山鶴堂による「自序」には、彼が『アイヴァンホー』を翻訳するきっかけとも言うべき事情が記されている。大意をつかんで、現代文に書き改めてみる。

近頃、西洋の小説を訳す者が多く、まさに櫛の歯のように多く行われている。その訳す所は精妙で快い味を持っている。その神髄は概ね政治に関係ないものは非常に少ない。書店が争って原稿を集めるためか、あるいは世間の刺激によってそうなるのか。私はこの頃、暇を楽しんで、スコットの書いた『アイバンホー』と題する小説を読んだ所、文章がすばらしく、政治と人情を両方兼ね備えており、この本の苦心がまばゆいばかりに文章の外にもあふれている。抑揚も頓挫もあり、また喜怒哀楽もあるので、悔しがったり涙を流したりすることになる。まるで活劇を見ているようである。愛読する余り、しまって置くのには忍びなく、非才を顧みず、訳すことにした。（後略）

この中に「政治」という言葉は出て来るものの、『アイヴァンホー』は基本的に騎士道物語なので、「政治小説」と言うには無理があるのである。「政治小説」に期待して『アイヴァンホー』を読んだ読者は、恐らく困惑したのではないだろうか。

明治一四年以降、自由民権運動が活発になるなど、当時の政治状況は大きな転換期を迎えつつあった。そこで時流に乗るべく「政治小説」と銘打って『アイヴァンホー』が翻訳出版されたのである。文学作品が政治に利用された例ということになる。

続いて一九一〇年（明治四三年）に小原無絃（要逸）という人が『小説アイバンホー』として翻訳を出す。これは全部で八十ページほどの抄訳になっている。『梅蕾余薫』に比べると、現代文に近く、ずっと読みやすい。漢字にはすべて振り仮名が振ってあり、挿絵が何枚か入っているのと併せて、児童向けと言ってもよいくらいの翻訳である。

■大正・昭和期の『アイヴァンホー』の翻訳■

大正期に入ると、一九一五年（大正四年）、大町桂月という人が『アイヴァンホー』（世界名著選第2編、植竹書院）を翻訳した。より現代文に近くなり、現代の感覚で読むことができる。この大町桂月訳が『梅蕾余薫』に、事実上、取って代わることになった。

スコットの他の作品の翻訳も出るようになり、特に明治から大正にかけて『湖上の美人』が多く訳されたが、本書では『アイヴァンホー』に注目してさらに翻訳の動きを辿って行くことにする。

昭和期に入り、日本が次第に軍国主義化して行く中にあっても、『アイヴァンホー』の新たな翻訳は続いて行く。一九二七年（昭和二年）、日高只一が『アイヴンホー』（世界文学全集、新潮社）を翻訳する。日高只一訳の『アイヴンホー』は、一九五一年（昭和二六年）、河出書房の世界文学全集I期一九世紀篇として改めて刊行される。

一九六四年（昭和三九年）、菊池武一訳の『アイヴァンホー』（全二巻、岩波文庫）、続いて一九六六年（昭和四一年）に、中野好夫訳の『アイヴァンホー』（世界文学全集Ⅲ9、河出書房新社）が出版されて今日に到るのである。

さらに、他にもいくつか、昭和期に出版された『アイヴァンホー』の抄訳や翻案がある。

■翻訳文の変遷■

これまで、どの時代にどのような『アイヴァンホー』の翻訳が出たかということを見て来たが、ここでそれらの訳文を具体的に比較してみたい。と言ってもすべての部分を比較するわけには行かないので、冒頭の部分がどのような筆致で描かれているかについて、小原無絃以降のそれぞれの翻訳を辿って見ることにする。

○小原無絃訳『小説アイバンホー』（抄訳）

今は八百年の昔、英國は、獅子魂と呼ばれた程の武勇絶倫なリチャード王の治下にあッた。が、如何した事か、王は、外國に行かれたま丶、杳（よう）として消息がなかッたので、恐らくは外國に俘囚の身となられたのであらうと、人民は、暗愚無道な王弟ジョンの攝政（摂政）の下に、塗炭の苦を嘗めざるを得なかッた。

○大町桂月訳『アイヴァンホー』

ドン河の流れ一筋白く横たはつて、シエツフイールドとドンキヤスターの町とにさし挟まる、ところ、山々、谷々、一面に、昔は廣い、森であつた。物語に傳へられるワントレーの大蛇が出没したのも此處、薔薇戦争の折に、惨憺たる阿修羅の巷となつたのも此處、はた又、山賊強盗の群が巣を組んで、英国の小唄に永くその名をと、めたのも此處である。

○日高只一訳『アイヴンホー』

楽しいイングランドの中でもドン河の流れに潤ふあの心地よい地方に、昔は、シェッフイールドの都会と愉快なドンカスタ町との間に起伏する美しい丘や谷間を蔽うて、一面に大きな森が広がってゐた。この広大な森の名残は、今も尚ほウエントワースや、ヲーンクリッフ・パークの荘園に、又はロザーハムの周囲にも見受けられる。その往古、ワントレイの物語で名高い龍が出没したのも此処、薔薇戦争の当時、必死の激戦が度々交へられたのも此処、それから又イングランドの歌曲にその功績を歌ひ伝へられてゐる、あの豪侠な浪士の群が、昔、盛んに暴れ廻つたのも此処であつた。

○菊池武一訳『アイヴァンホー』

イギリスも、ドンの河水がうるおす、あの愉しい地方には、大昔は、大森林がひろがっていた。シェフィールドの町と愉しいドンカースターの町とのあいだの、美しい丘や谷は、だいたい森におおわれていた。今でも、ウェントワースやウォーンクリフの宏壮な領地や、ロザラムの町の周辺には、この広大な森の名残りが見られる。また昔は、おとぎ話にでてくるウォントリの竜が出没していたのもここである し、薔薇戦争のころには、この辺ではげしい戦争があった。それからイギリスの歌にうたわれて人気のある勇敢な無法者（ロビン・フッド）の仲間のあばれまわったのもこの辺である。

○中野好夫訳『アイヴァンホー』

ドン河の流れのうるおすあたり、その名もメリー・イングランドと呼ばれるこの地域一帯も、かつて大昔には、シェフィールドからあの楽しい町ドンカスターのほとりまで、美しい丘脈、そして渓々をおおって、見わたすかぎり広大な森林がひろがっていたのである。いまでもウェントワス、ウォーンクリフ・パークなどの旧城下町や、またロザラムの周辺などには、その広大だった森の名残りがのこっている。かつて昔、物語で名高いウォントリーの竜が徘徊したというのもここであれば、くだってバラ戦争のころ、いくどか血みどろの内戦が闘われたのもここだった。いいや、それればかりではない、イギリスの古謡にその勲功をうたいはやされているあの勇敢な法外武士団の連中が、さかんに活躍したのも、ここであった。

牛山鶴堂訳『梅蕾余薫』を除いて、昭和期の中野好夫訳まで、各時代の『アイヴァンホー』の翻訳の文体を一通り比較してみたわけであるが、次第に現代の言葉に近付いて来て、何となくほっとする。ここでそれぞれの翻訳の優劣を論じるつもりはない。それぞれの時代を反映した翻訳文の雰囲気といったものが、おわかり頂ければ十分なのである。ただ、小原無絃訳は抄訳であるため、他の翻訳のように「メリーイングランド」についての説明は省かれていて、その後のリチャード獅子心王についての説明から始まっていることがわかる。

時代性から言えば、最後の中野好夫訳が、当然、現代では最も読みやすいと言えるが、牛山鶴堂訳は別として、大町桂月訳、日高只一訳、菊池武一訳で読んでみるのも、興味深いのではないだろうか（もっとも、大町桂月訳、日高只一訳は、今となっては入手が困難ではある）。訳文を読み比べることによって、『アイヴァンホー』にふさわしい訳文はどれなのか、といった自分なりの判断を下すのも面白いかもしれない。

■小説『アイヴァンホー』の影響■

『アイヴァンホー』は一八一九年十二月十八日、カンスタブル書店から発売され、出版と同時にベストセラーとなった。初版は一万二千部であったが、直ぐに売り切れた。この数字は当時の読書人口や他の条件を考えると驚異的である。そして、それ以降、イギリスはもちろん世界中で読み続けられているのである。

スコットは、ドイツ文学、フランス文学、ロシア文学にも大きな影響を与えた。ゲーテ（一七四九—一八三二）、デュマ（大デュマ、一八〇二—七〇）、ユーゴー（一八〇二—八五）、スタンダール（一七八三—一八四二）、バルザック（一七九九—一八五〇）、トルストイ（一八二八—一九一〇）などはみなスコットの影響を受けているのである。

特に歴史小説の分野でのスコットの影響は非常に大きなものがある。今挙げたデュマ、ユーゴー、バルザックなどの作家の歴史小説は、スコットがいなければ生まれなかったとさえ言われているのである。特にデュマは『アイヴァンホー』を読んで作家になる決心をしたとさえ言われている。

また、ヨーロッパだけではなく、アメリカでも、『アイヴァンホー』を初めとするスコットの小説は盛んに愛読された。一時、イギリスの主な港には、スコットの新しい小説の出版前から、それをアメリカに輸出するための船が待機していたと言われている。また、アメリカにはスコットの作品だけを専門にリプリントする出版社が多数あったという。十九世紀前半のアメリカでのスコットの作品は、まさにミリオンセラーになっていたようである。

『アイヴァンホー』の影響は、文学の領域だけに留まらなかった。ヨーロッパでは生活面や文化面での流行現象が見られることになった。それは中世に対するノスタルジア、騎士道や歴史ロマンスに対する憧憬といった背景によるものでもあった。

トロイ遺跡など古代遺跡の発掘で有名なドイツの考古学者ハインリッヒ・シュリーマン（一八二二―九〇）は、若い頃、英語の勉強のためもあって、愛読書『アイヴァンホー』を繰り返し読み、遂にはすべて暗誦できるまでになってしまった。その著書『古代への情熱』の中で、彼自身が述べているエピソードである。語学の勉強のためとは言っても、内容が面白くなければ続けられるものではないであろう。また、内容の面白さと同時に朗読にも耐える文章でなければならない。『アイヴァンホー』はその両方の条件を満たしていたわけである。

また、当然のことながら、日本文学や文化への影響も大きなものがあった。明治期以降、スコットの作品はもとより、スコットに影響を受けたデュマやユーゴーの作品も紹介されたり翻訳されたりして、多くの読者を得た。つまり、『アイヴァンホー』は日本の文学や文化にも直接間接の影響を与えているのである。

ただ、大正時代以降、日本の純文学の世界では私小説が主流を占めていたので、『アイヴァンホー』のようなスケールの大きな歴史小説が持て余された嫌いがないとは言えない。しかし、『アイヴァンホー』は絶え間なく世界文学全集の中に収められている。また、少年少女向けの文学全集や読み物にもとり上げられることが多い。

その多くの例の中から一つを挙げてみよう。一九七七年に出版された「学年別・幼年文庫」という少年少女向けの全集がある。その一冊の『明るい話・正しい人　三年生』の中でスコットがとり上げられているのである。この本は書名からもわかるように、小学校三年生を主な対象として書かれたものである。

この中で他の十五人の偉人と共に、スコットについてのエピソードが紹介されているのである。題名は「ペンをはなさずに—借金を返した詩人スコット—」となっている。内容は、関係していた会社が倒産したため多額の借金を背負い込んだが、スコットは自分の屋敷や持ち物を売り払ったばかりか、病気にもかかわらず原稿を書き続けて借金をほとんど返した、というものである。そして、最後まで自分の責任を忘れなかったスコットはイギリス紳士の手本であるという言葉で締めくくられているのである。

このように、従来『アイヴァンホー』などの翻訳はもちろん、さまざまな形でスコット原作の物語やスコット自身についてのエピソードが紹介されているのである。正確にはわからないが、少なくとも原作がリライトされたものはかなりの数に上るのではないかと思われる。従って、日本の青少年にも相当大きな影響を与えていることであろう。

第9章

さまざまな「アイヴァンホー」

■映画の「アイヴァンホー」■

『アイヴァンホー』が初めて映画化されたのは、一九一三年（大正二年）のことであると思われる。ハーバート・ブレイン監督の『アイヴァンホー』がイギリスで公開されたのである。ブレインはゼニス・フィルム・カンパニーに入社した後、ウォルター・メルヴィエと共に長編映画『アイヴァンホー』を制作して映画界に登場したのである。ブレインはこの時期の代表的な映画監督となる。

この映画が日本で封切られたという記録はない。もっとも、日本で「映画」という言葉が使われ出したのは、大正末期頃のことであって、それまでは「活動写真」、略して「活動」と言われていた（松浦幸三編著『日本映画史大鑑』）。そんな状況だったので、『アイヴァンホー』が日本に入って来なくても不思議ではない。外国の映画が本格的に日本に導入され始めたのは、戦後のことであろう。

私が初めて『アイヴァンホー』に出会ったのは、映画を通してであるという話は既にした。一九五二年（昭和二七年）製作のリチャード・ソープ監督による『黒騎士』という映画で、主演はロバート・テイラー、エリザベス・テイラー、ジェーン・フォンテーンである。ロケ地はスコットランド、スターリングにあるドゥーン城（Doune Castle）である。アメリカのアカデミー賞の三部門でノミネートされた。

特にエリザベス・テイラーが演じるユダヤ娘のレベッカが強く印象に残っている。アイヴァンホーに慕情を抱き、常に彼の力になりながらも、最後は父アイザックと共にイングランドを去って行く。その姿が全体としてはハッピーエンドの物語の中で、少なからぬ哀愁を漂わせているのである。「お金（税金）さえ払えば安全に暮らせる地へ移住します」とアイヴァンホーに言って去る、その姿に我々は同情の念を禁じ得ない。

一九八二年（昭和五七年）には、新たに映画『アイヴァンホー』が製作された。イギリス・アメリカ合作映画で、監督はダグラス・キャムフィールド、脚本はジョン・ゲイ、撮影はジョン・コキロンである。

主な出演者は、アンソニー・アンドリュー、リセット・アンソニー、ジェイムズ・メイソン、サム・ニール、マイケル・ホーダーン、オリビア・ハッセー、ジュリアン・グローバー、ジョン・リス＝デイビス、リチャード・アンダーソン、クロエ・フランクスである。劇場未公開で、テレビ放映された映画で、上映時間は一五〇分である。

一九九七年（平成九年）には、イギリスＢＢＣが映画『アイヴァンホー』を製作した。

スチュアート・オーム監督で、上映時間三〇一分という本格的な映画である。主な出演者は、スティーヴン・ウェデントン、スーザン・リンチ、シアラン・ハインズ、ジェームズ・コスモ、ヴィクトリア・スマーフィット、クリストファー・リーである。

ＢＢＣが総力を挙げて製作した歴史ロマンの超大作だけあって、本当に迫力がある。激しい戦闘の場面もあれば、恋愛の場面もある。息もつかせぬストーリー展開である。エキストラは二千人以上にも及んだと言われている。実際に中世の古い城やスコットランドの山野をロケに使っていて、迫力と現実感がある。

なお、一九九五年には「ロード・トゥ・ザ・ナイト　アイヴァンホーの聖なる剣」（Young Ivanhoe）と題するスペクタクルが製作された。イギリス、フランス、カナダの合作で、監督はＲ・Ｌ・トーマスである。

■音楽の「アイヴァンホー」■

『アイヴァンホー』が音楽にもなっているというのは、意外に知られていない事実である。スコットランド小説の傑作『ラマムアの花嫁』がドニゼッティのオペラ「ランメルムーアのルチア」になっていることは、比較的、知られていると思うが、スコットの作品がオペラやミュージカルになっている例は、かなり多いのである。

スコットは音楽についてあまり深い知識を持っていなかったようである。その作品には、たくさん歌が出て来るにもかかわらず、彼自身がふだんの生活の中で歌を口ずさむことはなかったと言われている。

しかし、スコットの作品と音楽の関係は、意外に深く広い。スコットの小説、特に『アイヴァンホー』と『ケニルワース』は、オペラの台本の原作として特に人気があった。「登場人物は英雄でありながらも現実的であり、遠い過去という時代設定もオペラに仕立てるのに最適であった」(『ニューグローブ世界音楽大事典』第九巻、一六八ページ)からである。

スコット自身も一八二六年にパリで、ロッシーニの音楽から作られたオペラ「アイヴァンホー」を見ている。しかし、この作品は原作者スコットが満足するようなものではなかった。何しろロウィーナとリチャード王は登場せず、アイヴァンホーはレベッカと結婚してしまうのである。スコットは、感想として次のように書いている。

演出は華麗であった。……しかし、それはオペラだった。したがって当然、筋は無惨に切り刻まれ、対話部分はところによっては意味をなしていなかった。」(同、一六八ページ)

この例は、小説がオペラになった時、いかにデフォルメされてしまうか、元の姿とは違ったものになるか、ということを示している。

『アイヴァンホー』の全部もしくは一部から作られたオペラには、他に、シューベルト作「リチャード獅子心王のロマンス」(Romanze des Richard Löwenherz, 一八二七年)、H・マルシュナー作「聖堂騎士とユダヤ人」(Der Templer und die Jüdin, 一八二九年)、パチーニ作「アイヴァンホー」(一八三二年)、O・ニコライ作「聖堂騎士」(Il templario, 一八四〇年)、A・サリヴァン作「アイヴァンホー」(一八九一年)がわかっている。(同、一六九ページ)

また、近年、吹奏楽曲にもなっていて、CDが発売されている。

『アイヴァンホー』以外にも、音楽に採り入れられたスコットの作品の例は、非常に多い。そのこと自体、スコットの作品の豊かな物語性と登場人物の多様性を示していると言えよう。さらに、スコットの作品によって多くの音楽作品が生まれたとすれば、スコットの作品の芸術性が、他の文学だけではなく音楽の世界にも影響を与えたということに他ならない。

■絵画の「アイヴァンホー」■

十九世紀のフランスの画家ドラクロワ（一七九八―一八六三）に、「レベカの略奪」と題する作品がある。これは『アイヴァンホー』の中の一場面を題材にしたものである。第三十一章でトルキルストン城での激しい戦いが繰り広げられるが、聖堂騎士ボア＝ギルベールが混乱の中、レベッカを連れ去ってしまう場面を描いているのである。一八五八年、すなわちドラクロワが六十歳の時の作品である。中野好夫訳『アイヴァンホー』の口絵に掲載されている。

ドラクロアは新古典主義に対して浪漫主義を確立した画家である。「劇的事件に取材した構図に自由な生命の律動と豊かな色彩感を盛る」（『広辞苑』）画風を持っている。その彼が現実的な事件だけではなく、『アイヴァンホー』のような文学作品の中にテーマを見出して、それを作品に描いているというのは、興味深いことである。

■世界地図の中の「アイヴァンホー」■

これまで映画や小説の『アイヴァンホー』について見て来たが、スコットの代表作だけあって、世界中の各方面でこの「アイヴァンホー」という名前が使われている。「アイヴァンホー」という名前の由来については、既に述べたが、その名前の響きが独特であるのと、やはりスコットランドの国民的英雄スコットの有名な作品のタイトルを使いたいという気持ちが人々の間に根強いことを示していると言えるであろう。

「アイヴァンホー」に限らず、スコットの作品名や登場人物の名前は、いろいろなものに使われることが多い。例えば、スコットランドには「ウェイヴァリー駅」がある。スコットの小説第一作ということで、名付けられたものであろう。「ウェイヴァリー」という町は、オーストラリアに二つ、ニュージーランドに一つ、南アフリカ共和国に一つ、そしてアメリカ合衆国には十四もある。一説にはアメリカには、三十五もあるという。

「アイヴァンホー」はどうであろうか。オーストラリアのニューサウスウェールズ州とメルボルン郊外に「アイヴァンホー」という町がある。アメリカには四つ。カリフォルニア州、イリノイ州、ミネソタ州、バージニア州に一つずつある。さらに、五大湖の一つスペリオル湖の東には「アイヴァンホー川」、その近くに長さ約三十五キロ、幅一〜二キロの細長い湖があるが、これが「アイヴァンホー湖」という。アイヴァンホー川はアイヴァンホー湖から流れ出しているのである。

ついでながら、「ロウィーナ」という町もアメリカとオーストラリアに一つずつある。とにかく、切りがないくらい多いのである。

スコットの小説は、アメリカ合衆国の文学、特にアメリカ南部の文学に強い影響を与えていて、スコットの流れを汲んだ作品が伝統的に続いていたと言われている。そういった伝統の中から、例えばフォークナーのような作家が生まれたとする考え方もある。

このように、スコットの小説に出て来る登場人物の名前をとって、いろいろなものに付けるというのは、世界中でスコットの作品が如何に親しまれているかという証左に他ならないであろう。

■イギリス駆逐艦の「アイヴァンホー」■

船にも「アイヴァンホー」がある。イギリス海軍の駆逐艦「アイヴァンホー」である。ヤーロー社（Yarrow & Co Ltd.）製で、I級と呼ばれるクラスに属していた。イカラス級とも呼ばれる。第一次世界大戦と第二次世界大戦の間の一九三七年八月二十四日に竣工し、数々の戦績をあげたが、一九四〇年九月一日、オランダ近海で水雷に接触、大破、さらにドイツ空軍機の爆撃を受け、船体を損傷したため、味方の魚雷により撃沈処分された。

『広辞苑』によれば、駆逐艦とは、「魚雷を主要兵器として、敵の主力艦・巡洋艦・潜水艦を撃破するを任務とする小型の快速艦」ということになる。大きな軍艦を守る任務を持っていることが多い。例えば、あの戦艦大和も最後の出陣で一隻の巡洋艦と八隻の駆逐艦に守られていた。因みに、戦前の日本の駆逐艦には、「雪風」、「冬月」、「霞」、「松」、「竹」など、自然や木の名前などが使われていた。

「アイヴァンホー」が、軍艦の中で最大であるところの堂々たる「戦艦」でもなく、また戦艦に次ぐ地位の「巡洋艦」でもなく、それに次ぐ「駆逐艦」（destroyer）というところが興味深い。駆逐艦は、攻防力については戦艦や巡洋艦に譲るものの、スピードに関しては、それらを凌ぐのである。つまり、あくまで先頭に立って敵を退ける役割を持っているわけである。「アイヴァンホー」という名前には、素早い動きで王侯貴族を果敢に守る騎士のイメージを、駆逐艦に結び付けようとした意図がよく現れていると言える。

なお、チェコスロバキアのＫＯＰＲＯという会社が作っているプラモデルもあり、日本にも輸入されているようである。同社のホームページ等でも紹介されている。

軍艦の名前で面白いのは、他にもスコットに因んだ名前が付けられているものがあることである。駆逐艦では、他に「スコット」、「マーミオン」（Marmion）、「タリズマン」（Talisman）という名前のものがある。「マーミオン」はスコットの詩、「タリズマン」はその小説からとった名前である。

■万年筆の「アイヴァンホー」■

スイスの万年筆メーカーのカランダッシュ社から「アイヴァンホー」という名前の万年筆が出ている。「バリアス」という特別素材のシリーズのもので、アイヴァンホーの鎧をイメージしてデザインされたモデルである。ペン先と首軸部分にはロジウムコートがされている。カランダッシュと言えば、高級万年筆で有名であり、この「アイヴァンホー」も四万円から七万円はする。同じくボールペンの「アイヴァンホー」もある。

■ブルーベリーの「アイヴァンホー」■

植物のブルーベリーにも「アイヴァンホー」がある。ブルーベリーと言えば、ジャム、ヨーグルト、あるいはアイスクリームなどにも用いられており、古くからヨーロッパでは目にもよいとされている。そのブルーベリーに「アイヴァンホー」という種類があるのである。植物と「アイヴァンホー」の組み合わせは、少し不思議な感じがするが、そういう名前の品種なのである。

現在栽培されているブルーベリーは北アメリカ原産のもので、高さ数十センチから四メートルほどの落葉低木である。果実は青色または黒色で、直径は一センチほどである。多くの品種があるが、「アイヴァンホー」は正確に言うとハイブッシュ（Highbush）・ブルーベリーの中のノーザンハイブッシュ（Northern Highbush）系に属するブルーベリーである。

写真で見る限り、花も実もきれいである。実は大粒で、酸味が少なく甘くておいしい。甘さという点では群を抜いているらしい。他品種同士の交配種で、一九五一年に開発されたそうである。ただ、日本で出版されているかなり大きな植物事典にも、また最近出版された『ブルーベリー大図鑑』にも、「アイヴァンホー」という種類は載っていない。

■カードゲームの「アイヴァンホー」■

カードゲームにも「アイヴァンホー」と呼ばれるものがある。中世の騎士によるトーナメントを材料にしたもので、ＧＭＴという会社から発売されている。ゲームデザイナーはレイナー・クニツィアという人である。二人から五人でプレーできる。

カラーカード、サポーターカード、アクションカードといった、いろいろな種類のカード、それに色とりどりのチップがあり、それらを使ってトーナメントを勝ち抜いて行くというゲームで、騎士の槍試合の雰囲気を味わうことができる。

■その他の「アイヴァンホー」■

調べてみると、他にも「アイヴァンホー」と名付けられたものが世界にはいろいろある。

「アイヴァンホー」という名前の学校がオーストラリアにある。「アイヴァンホー・グラマー・スクール」(Ivanhoe Grammar School)という、日本で言うと小学校から高校までの一貫教育の学校である。「グラマー」と言っても、現在は「文法」を教える訳ではない。イギリスの「グラマー・スクール」に倣って、創られたものであろう。

設立は一九一五年だそうであるから、百年近い歴史を誇る伝統校である。総生徒数は一六五〇人で、一年生から六年生までは男女共学、七年生(中学一年生)以上は男子校ということである。

同じように「アイヴァンホー・ガールズ・グラマー・スクール」(Ivanhoe Girls Grammar School)というのもある。女子校で、これも百年以上の歴史を持っている。

また、「アイヴァンホー」という名前の会社もある。カナダのバンクーバーに本社のある「アイヴァンホーマインズ社」(Ivanhoe Mines Ltd.)という鉱山会社である。世界各地の銅や金や石炭鉱山の開発を手掛けているらしい。何でもモンゴルのゴビ砂漠の方には約十二万五千平方キロもの資源の探査権を持っているらしいから、スケールが大きい。その地域の未開発鉱床の規模は世界最大という。

このように、「アイヴァンホー」という名前は、大げさに言えば世界中の各方面に浸透しているということがわかる。そのすべてが『アイヴァンホー』という作品名、また主人公アイヴァンホーから来ているということを考えると、その影響の大きさに驚かざるを得ない。「アイヴァンホー」という名前は、これからも名実共に世界中で語り伝えられ、多くの人々に親しまれて行くに違いないと思うのである。

もっとも、第二章で紹介した「アイヴァンホー」という名前の由来であるイギリスの古い荘園の持ち主であったハムプデン（ハムデン）氏の祖先は、さぞかし天国で苦笑していることであろう。なぜなら、テニスの試合のトラブルで失った苦い思い出の土地の名前が奇しくも後世に残り、こんなにも有名になってしまったのであるから。

最終章

永遠なる『アイヴァンホー』

我々はめまぐるしい現代社会の中で生活している。科学技術は日進月歩であり、世の中には便利なものがあふれている。いや、あふれ過ぎているのかもしれない。そんな中で我々は毎日時間に追われ、余裕のない生活を送っている。その一方で、人間の心はどうであろうか。すっかり荒廃してしまっているのではないか。情緒は不安定であり、道徳心は希薄である。そういった意味で現代は歪んだ社会になっているのである。

現代の社会はまさに文明の末期症状を示している。一朝一夕には解決できないさまざまな問題が文字通り山積している。人類の未来は決して明るいものではないのである。『アイヴァンホー』の世界は、こういった現代社会や現実世界とは余りにもかけ離れているかもしれない。ある意味では月の世界のようなものである。理想的過ぎるという批判もあるであろう。しかし、敢えて言えば、そうであるからこそ、人間、特に現代人には、『アイヴァンホー』のような世界が必要なのではないだろうか。

内容は全く違うが、たとえて言えば、『アイヴァンホー』は『ハリー・ポッター』のような世界であると言えるかもしれない。『ハリー・ポッター』の世界は魔法が支配する世界である。魔法を信じる人は、そう多くはないであろう。にもかかわらず、なぜあれほどのベストセラーとなり、映画も大人気となったのか。それは小説を読む人、映画を見る人が、限定された時間の中だけではあるものの、『ハリー・ポッター』の世界を「信じる」からであろう。その世界の中では、信じ切っているのである。逆に言えば、信じ切ることによってのみ成り立つ世界なのである。もちろん、信じたくない人は信じなくてもかまわない。それは強制ではない。一笑に付する人もいるであろう。そもそも、小説を読むことも、その中の世界を信じることも、その人の自由である。しかし、信じる人々の心は間違いなく癒されるのである。

一時的にせよ、小説や映画の世界に入り込むことは、ある意味で「逃避」かもしれない。一般的に、「逃避」は好ましくないこととされている。逃避する人間は、弱く、勇気がないと見なされる。例えば、いやな仕事や相手から逃げるよりは、正面から立ち向かった方が勇気があるのかもしれない。しかし、「逃避」は「逃亡」とは違うというのが、私の考え方である。「逃亡」ではなく、現代人には何らかの「逃避」あるいは「逃避先」即ち「逃げ場」が必要なのではないだろうか。

ある人々にとって、その「逃げ場」は例えば釣りやゴルフや山歩きのような趣味かもしれない。またある人々にとって、その「逃げ場」は書斎や温泉かもしれない。それがアクティヴなものであれ、パッシヴなものであれ、人間にとって「逃げ場」はどうしても必要なのではないだろうか。現代において、そうでなければ精神が持たないであろう。

「逃げ場」と言うと聞こえが悪いが、要するに自分に自由や癒しを与えてくれる「何か」である。以前テレビである有名な俳優が言っていたことであるが、「人間にとって人生が幸せなものであったかどうかは、どれだけ自由な時間を持てたかどうかによる」というのである。この言葉を聞いて、私はなるほどと思った。俳優として名声を極めた人でも、いや、そういう人だからこそ、自由な時間、自らを癒す時間をなるべく多く持つように心がけて来たのだな、と思ったのである。

我々現代人にとって、心が解放される時間、自由で心が癒される時間は、不可欠なのであろう。そしてその時間を過ごす場所、つまり「逃げ場」が必要になって来るのである。もちろん、それは一定の物や場所でなくてもよい。目に見えるものでなくてもよい。想像上のものであっても、一向にかまわないのである。また、それは一つであっても複数であっても、かまわない。要は、自分が納得できるものであれば、十分その意味があるのである。

こういった何らかの「逃げ場」や「心の自由」を持っている人間は、「強い」。リフレッシュされて、もう一度、仕事や毎日の生活に戻って行くことができるからである。精神的、肉体的に疲れたら、あるいはストレスがたまって来たら、いつでも「逃げ場」が待っていてくれる。そういう人は、必ずストレスフリーになれるか、少なくともストレスをうまく解消することができるのである。

『アイヴァンホー』の世界は、よい意味での「逃げ場」と「自由」を我々に提供してくれている。出版以来、二百年近くにわたって提供し続けて来たと言ってもよいであろう。そして、これからも提供し続けて行くであろう。『アイヴァンホー』の世界は、これからも永遠に我々の心を癒し続け、我々の心の中に残るのである。

■あとがき■

アイヴァンホーはまさに「騎士の鑑」である。勇敢にして、忠誠心や愛国心に篤く、弱い者の味方でもある。まさに中世にあって完璧な人物と言えるであろう。実際、現実には存在し得なかった人物なのかもしれない。しかし、非現実的であることは重々承知していても、人々はその理想像を追い求めて止まないことがある。いや、現実にはあり得ない人物だからこそ、人々はその理想像に少しでも近づこうとして、その後を追い求めるのかもしれない。

もちろん、小説『アイヴァンホー』は、騎士アイヴァンホー一人で成り立っているわけではない。ここには当時の社会のいろいろな種類の人物たちが登場する。善人もいるし悪人もいる。また、そのどちらとも言えない人々もいる。しかし、それぞれの人間がみな、『アイヴァンホー』の中でそれぞれの役割を担い、作品世界を形作っている。そのひとりひとりがある意味で騎士アイヴァンホーを支えているのである。ヒーローの影には多くの人々の協力があり、犠牲さえもあるのだ。

『アイヴァンホー』は、高遠な文学理論などを振りかざさなくてもいい小説である。また、人生いかに生きるべきかといった難しいテーマを提示しているわけでもない。要するに、読んで楽しい小説であって、堅い小説では全くないのである。中には物足りない向きもあるかもしれない。しかし、そういう小説が世の中にあってもいいと思う。『アイヴァンホー』は言ってみれば、「癒し系」の小説なのである。こういう小説が、特に現代には必要なのかもしれない。

ただ、その癒し系の小説の中にも意外な面がたくさんあることは、おわかり頂けたのではないかと思う。読むのに決して難しい小説ではないが、案外、奥は深いのである。

なお、本書の刊行にあたってお世話になった朝日出版社の佐藤治彦氏と清水浩一氏に厚く御礼申し上げます。

【引用文献・参考文献】

本書全体に関わるもの

Sir Walter Scott, *Ivanhoe*, Adam & Charles Black, 1886.（Centenary Edition）

J. G. Lockhart, *The Life of Sir Walter Scott*, Everyman's Library, 1969.

『アイヴァンホー』（中野好夫訳、河出書房新社、世界文学全集Ⅲ‐9、一九六六年）

齋藤勇、西川正身、平井正穂編『英米文学辞典』（第三版、研究社、一九八五年）

上田和夫編『イギリス文学辞典』（研究社、二〇〇四年）

『架空人名辞典　欧米編』（教育社、一九八六年）

『広辞苑』（第二版補訂版、岩波書店、一九七六年）

第一章

小林章夫『愛すべきイギリス小説』（丸善ライブラリー、一九九二年）

福原麟太郎、吉田正俊編『文学要語辞典』（改訂増補版、研究社、一九七八年）

ギリアン・ビア『ロマンス』（田辺宗一訳、研究社、一九七三年）

大橋健三郎他『ノヴェルとロマンス』(シンポジウム英米文学六、学生社、一九七四年)
大岡昇平『歴史小説の問題』(文藝春秋、一九七四年)
倉橋由美子「勧善懲悪」、『波』(一九七七年九月号、新潮社)

第二章

夏目漱石『文学論』(夏目漱石全集一四、角川書店、一九七四年)
オウエン・バーフィールド『英語のなかの歴史』(渡部昇一、土屋典生訳、中公文庫、一九八〇年)
フェルナン・モセ『英語史概説』(開文社、一九七六年)

第三章

ハワード・パイル『ロビン・フッドのゆかいな冒険』(村山知義、村山亜土訳、岩波書店、一九七一年)
ハワード・パイル『ロビン・フッドの冒険』(中野好夫訳、講談社、一九八八年)
J．G．ホウルト『ロビン・フッド　中世のアウトロー』(有光秀行訳、みすず書房、一

九九四年）
ステファニー・L．バーチェフスキー『大英帝国の伝説　アーサー王とロビン・フッド』（野崎嘉信・山本洋訳、法政大学出版局、二〇〇五年）
上野美子『ロビン・フッド物語』（岩波新書、一九九八年）
ジョゼフ・ギース、フランシス・ギース『中世ヨーロッパの城の生活』（栗原泉訳、講談社学術文庫、二〇〇五年）
川崎寿彦『森のイングランド　ロビン・フッドからチャタレー夫人まで』（平凡社、一九八七年）

第四章

渡部昇一『アングロサクソンと日本人』（新潮選書、一九八七年）
東浦義雄・竹村恵都子『イギリス伝承文学の世界』（大修館書店、一九九三年）
『コンプトン　英国史・英文学史』（加藤憲市・加藤治訳、大修館書店、一九九六年）
定松正『イギリス児童文学紀行』（玉川大学出版部、二〇〇四年）
橋口倫介『十字軍―その非神話化―』（岩波新書、一九七四年）

橋口倫介『十字軍騎士団』（講談社学術文庫、一九九四年）
森護『英国王室史事典』（大修館、一九九四年）
グラント・オーデン『西洋騎士道事典』（堀越孝一監訳、原書房、一九九一年）
松村赳・富田虎男編著『英米史辞典』（研究社、二〇〇〇年）

第五章

フィリップ・デュ・ピュイ・ド・クランシャン『騎士道』（川村克巳・新倉俊一訳、白水社、〈文庫クセジュ〉、一九六三年）
堀米庸三、木村尚三郎編『西欧精神の探求　革新の十二世紀』上（日本放送出版協会、二〇〇一年）

第六章

シェイクスピア『ヴェニスの商人』（福田恆存訳、新潮文庫、一九六七年）
J・P．サルトル『ユダヤ人』（安堂信也訳、岩波新書、一九五六年）

第七章
大和資雄『スコット』（研究社、新英米文学評伝双書、一九五五年）
J．G．ロックハート『ウォルター・スコット伝』（佐藤猛郎他訳、彩流社、二〇〇一年）
渡部昇一『続知的生活の方法』（講談社現代新書、一九七九年）

第八章
中村正直『西国立志編』（講談社学術文庫、一九八一年）
『梅蕾余薫』（『アイヴァンホー』）牛山鶴堂、春陽堂、一八八六年（明治一九年）－一八八七年（明治二〇年）
『アイバンホー』小原無絃（要逸）訳、東西出版協会、一九一〇年（明治四三年）
『アイヴァンホー』大町桂月訳、世界名著選第2編、植竹書院、一九一五年（大正四年）
『アイヴンホー』日高只一訳、世界文学全集、新潮社、一九二七年（昭和二年）
『アイヴァンホー』菊池武一訳、岩波文庫、一九六四年（昭和三九年）
『明るい話・正しい人　三年生』（山本和夫編著、偕成社、一九七七年）

第九章
志賀信夫『イギリス映画史』（雄山閣、一九五七年）
松浦幸三編著『日本映画史大鑑』（文化出版局、一九八二年）
『ブリタニカ国際地図』（TBSブリタニカ、一九七一年）
『ニューグローブ世界音楽大事典』第九巻（講談社、一九九四年）
『世界の艦船』四七七号（増刊第三九集）、「イギリス駆逐艦史」（海人社、一九九四年）
『朝日百科　植物の世界』第六巻（朝日新聞社、一九七七年）
渡辺順司『ブルーベリー大図鑑［品種読本］』（マルモ出版、二〇〇六年）

著者紹介
貝瀬 英夫（かいせ　ひでお）
1955年、神奈川県生まれ。
1981年、早稲田大学大学院文学研究科
英文学専攻博士前期課程修了。
現在、国士舘大学法学部教授。
専門は19世紀イギリス小説。

ウォルター・スコット
『アイヴァンホー』の世界

2009年3月30日　初版発行

著　者　貝瀬英夫
発行者　原　雅久
発行所　株式会社　朝日出版社
101-0065 東京都千代田区西神田 3-3-5
電話 (03)3263-3321(代表)
印刷：赤城印刷株式会社

乱丁、落丁本はお取替えいたします。

ISBN978-4-255-00470-9 C0098